들숨은 평화
날숨은 행복
걸음마다 고운 날 되소서.

광우 ☺

가시를 거두세요

가시를 거두세요

소나무 스님의 숭늉처럼 '속 편한, 이야기

광우 지음

"깊은 물은 고요하여 소리가 나지 않는다"라는 말이 있습니다. 알면 알수록 말이 무거워집니다. 그래서 지혜로운 사람은 말을 아끼고, 마음 닦는 사람은 침묵을 미덕으로 삼습니다.

말은 아무리 잘해도 본전이요, 말이 많으면 꼭 실수가 따릅니다. 그걸 알면서도 어쩌다 저는 세상에 말빚을 지고 말았습니다. 사람들에게 "제가 원래 침묵을 좋아해요"라고 말하면 다들 웃습니다. 말이 많은 것도 사실이지만 침묵을 좋아하는 것도 사실이랍니다.

침묵을 동경하고 말빚을 부끄러워하던 제가 책을 내게 되었습니다. 원고를 준비하면서 몇 번이나 망설였습니다. 아직도 부족한 저 자신을 알기에 더 공부하고, 더 준비하고, 더 노력한 뒤에 책을 내고 싶었습니다. 그런데 옛사람의 이런 말이 있습니다.

"완벽을 기다리다 결국 한 줄도 못 썼노라."

저 또한 스스로 만족할 때까지 공부만 하다 결국 원고 한 장도 못 쓸 것 같다는 생각이 들었습니다. 뜻밖의 좋은 인연을 만나 그동안 먹을 묻혀온 수줍은 문장들을 세상에 내놓습니다.

인생은 뭘까? 어떻게 살아야 잘 사는 걸까? 행복이란 무엇인가? 어떻게 해야 사람들이 행복해질까? 늘 고민하고 사유합니다. 그런 마음의 탐구를 통해 빚어진 글들이 이 책입니다. 힘든 세상을 살아가는 분들에게 위로와 긍정과 희망을 건네고 싶었습니다.

인생은 원래 내 뜻대로 흘러가지 않습니다. 하지만 내 마음은 내가 다스릴 수 있습니다. 내 마음의 변화를 통해 내 인생이 얼마든지 변화될 수 있습니다. 여러분은 충분히 해낼 수 있습니다. 조금만 더 힘을 내세요. 모든 일이 다 잘될 겁니다.

고마운 분들의 얼굴이 한 분 한 분 떠오릅니다. 그분들의 은혜에 마음 깊이 감사드립니다. 그리고 부모님과 스승님들께 꼭 감사 인사를 올리고 싶습니다.

밤새워 고민한 글들이 세상을 따스하게 하는 데 조금이라도 보탬이 되기를 바랍니다. 그럴 수 있다면, 그 공덕을 모든 분들의 행복을 위해서 회향합니다.

행복하소서.

차례

1장 그냥 할 뿐입니다

2장 중심만 잡으면 괜찮아요

3장 가시를 거두세요

5장 우리는 실수하는 존재입니다

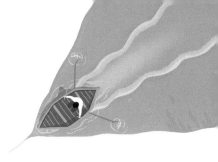

6장   감정도 습관이랍니다

무엇을 바꿀까?

어느 수도원이 있습니다.
이 수도원에 들어가면 방을 하나씩 배정받습니다.
그리고 자기가 원할 때까지 좁은 방 안에서
오직 자기만의 수행에 몰입합니다.

단, 수행하는 동안 절대 침묵해야 합니다.
그렇게 수행하다 1년에 한 번,
수도원장과 면담을 할 수 있습니다.

이 수도원에 한 수행자가 방을 배정받았습니다.

침묵 속에서 1년이 지났습니다.

수행자는 수도원장과 첫 번째 면담을 가졌습니다.

수도원장이 물었습니다.

"그래, 어떠신가요?"

수행자가 대답했습니다.

"침대가 너무 딱딱해서 큰 고생을 했습니다.

그러니 침대를 바꿔주세요."

수도원장은 온화한 미소를 띠고 고개를 끄덕이며

침대를 바꿔주었습니다.

다시 1년이 지났습니다.

수행자는 수도원장과 두 번째 면담을 가졌습니다.

수도원장이 물었습니다.

"그래, 어떠신가요?"

수행자가 대답했습니다.

"음식이 부실해서 식사 때마다 고역입니다.

음식에 신경을 좀 써주세요."

수도원장은 온화한 미소를 띠고 고개를 끄덕이며

최대한 그가 원하는 음식을 제공하기로 약속했습니다.

또다시 1년이 지났습니다.

수행자는 수도원장과 세 번째 면담을 가졌습니다.

수도원장이 물었습니다.

"그래, 어떠신가요?"

수행자가 대답했습니다.

"제가 지내는 방이 여러모로 열악합니다.

햇빛이 잘 들어오는 방으로 바꿔주세요."

수도원장은 온화한 미소를 띠고 고개를 끄덕이며

그가 원하는 방으로 바꿔주었습니다.

어느덧 시간이 흘러 네 번째 면담이 다가왔습니다.
수행자는 수도원장을 보자마자 하소연했습니다.
"말을 한마디도 못 하고 있으니
너무 답답하고 바보가 된 느낌입니다."

수도원장은 미소를 거두고 말했습니다.
"그대가 침대를 바꿔달라고 했을 때 침대를 바꿔주었습니다.
그대가 음식을 바꿔달라고 했을 때 음식을 바꿔주었습니다.
그대가 방을 바꿔달라고 했을 때 방을 바꿔주었습니다."
수행자의 눈을 보며 수도원장이 말했습니다.
"자, 이제는 당신이 바뀌어보세요."

내가 원하는 대로 남편이 바뀌었으면 좋겠다고요?
먼저 당신이 바뀌어보세요.

내가 원하는 대로 아내가 바뀌었으면 좋겠다고요?
먼저 당신이 바뀌어보세요.

내가 원하는 대로 자식이 바뀌었으면 좋겠다고요?
먼저 당신이 바뀌어보세요.

세상을 바꾸고 싶다고요?
그래요, 그럼 먼저 당신이 바뀌어보세요.

주변을 바라보세요. 그리고 생각해보세요.
답은 어디에 있는지.

자, 이제는 당신의 마음이 바뀌어야 합니다.

1장

그냥 할 뿐입니다

삶은 끊임없이 문제를 들이밉니다.

내 삶이 다할 때까지 문제는 결코 끊이지 않습니다.

그러니 문제가 있다는 것은

내가 살아 있다는 증거입니다.

왜 사는가

먼 옛날에 의사가 있었습니다.
큰 전쟁이 일어나자 의사는
전쟁터에 나가 부상자를 치료했습니다.
그러나 아무리 부상자를 치료해도 또 다치고,
치료해도 또 죽었습니다.

의사는 지쳐갔습니다.
어차피 살려봤자 하루가 지나면 또 다치거나 죽었습니다.
왜 사람을 치료해야 하는지 혼란스러웠습니다.
이유를 잃었고 의미를 찾지 못했습니다.

의사는 마침내 그곳을 떠났습니다.

그리고 깊은 산속에 들어갔습니다.
한 스승을 만나 명상을 배웠습니다.
의사는 끊임없이 자신에게 물었습니다.
삶이란 무엇인가? 죽음이란 무엇인가?
나는 무엇이고, 어떻게 살아야 하는가?

시간이 지나 의사는 다시 짐을 챙겼습니다.
"어디로 가는가?"
스승의 물음에 의사는 답했습니다.
"전쟁터로 갑니다."
"왜 다시 전쟁터로 가는가?"
의사가 미소를 지으며 대답했습니다.
"전 의사니까요. 그것이 제가 찾은 답입니다."

  스스로 답을 찾은 의사는
  더 이상 후회하지 않고 결코 방황하지 않습니다.
  이제는 뒤돌아보지 않습니다.

훗날 사람들이 의사에게 물었습니다.

"왜 살까요? 어떻게 살아야 할까요?"

그때마다 의사는 이렇게 대답했습니다.

"그냥 살 뿐입니다. 온몸을 부딪치며 살아갈 뿐입니다."

의사가 세상을 떠난 뒤

그의 묘비에 다음과 같은 시가 새겨졌습니다.

　　살자.

　　힘들어도 괴로워도

　　온몸을 부딪치며 살자.

　　가루 되어 한 줌 후회조차 없을 때

　　난 말하리라,

　　난 살았다고.

인생을 살아가는
모든 문제의 답

어떤 분이 찾아와 묻습니다.

"제가 지금 온갖 문제로 골머리를 앓고 있습니다. 너무 힘들고 지칩니다. 제가 어떻게 해야 할까요?"

간절한 물음에 마땅히 해줄 말이 없습니다. 모든 문제를 단칼에 베어버릴 수 있는 '완벽한 답'이 있다면 얼마나 환상적일까요? 그런 '답'이 존재한다면 저의 전 재산을 걸고서라도 반드시 구하고 싶습니다. 하지만 안타깝게도 그런 답은 존재하지 않습니다.

삶은 쉼 없이 이어지는 문제를 해결해나가야 하는 기나긴

마라톤입니다. 세상 그 누구도 문제없는 사람은 없습니다. 모든 이가 저마다 문제를 안고 있습니다. 설령 한 문제를 풀었다 하더라도 또 다른 문제가 갑자기 튀어나옵니다.

　삶은 나에게 결투를 신청하는 악당 같습니다.
　"자, 이리 와. 나랑 한판 붙어보자고."
　삶은 끊임없이 숙제를 내주는 선생님 같습니다.
　"어머, 숙제 끝냈니? 그럼 이것도 한번 풀어보렴."
　지쳐 쓰러질 때에도 삶은 끊임없이 문제를 들이밉니다. 내 삶이 다할 때까지 문제는 결코 끊이지 않습니다. 그러니 문제가 있다는 것은 내가 살아 있다는 증거입니다.

　수많은 명상 수행자들은 노래합니다.
　"인간은 태어날 때 모두 자기만의 숙제를 가지고 이 땅에 온다. 그대 앞에 놓인 삶의 난관은 이번 생에 주어진 그대들의 숙제이다. 인생이란 이름의 숙제는 결코 피하지 못하리라."
　그렇습니다. 피할 수 없습니다. 태어났기 때문에 짊어진 인간의 숙명과도 같습니다. 몸의 일부를 떼어낼 순 있어도 삶의 숙제에서는 결코 벗어날 수 없습니다. 그래서 제가 참 좋아하는 말이 있습니다.

"피할 수 없으면 차라리 즐겨라."

　피할 수 없다면 즐겨야지요. 그런데 너무나 힘들고 괴로우면 즐긴다는 말 자체가 성립되지 않습니다. 정말 힘들고 괴로운데 즐길 수 있다면 그것은 마음에 여유가 있다는 증거입니다. 조금의 여유조차 없는데 괴로움과 고통이 닥친다면, 피할 수 없으니 차라리 즐기자는 태평한 소리가 과연 나올까요? 그래서 나온 말이 있습니다.

"강한 자가 이기는 것이 아니라, 이긴 자가 강한 것이다."

"버텨라. 끝까지 버틴 자가 진정한 승자이다."

　이런 말을 들을 때마다 강렬한 '깡'이 느껴집니다. 상상해본다면, 망망대해에 산더미 같은 파도가 덮쳐오는데 작은 배에 몸을 묶은 채 이를 악물고 온몸으로 파도와 싸워 버티는 그런 느낌입니다.

　삶은 끊임없는 문제의 연속입니다.
　인생은 결코 내 뜻대로 살아가지지 않습니다.
　삶의 문제들을 숙제 삼아 하나하나
　풀어나가는 것이 바로 인생입니다.

온몸을 던져서 인생을 사십시오.

누구에게도 쉬운 인생은 없습니다.

그렇게 보이는 사람이 있을 뿐입니다.

쉽게 사는 것처럼 보여도 나름의 아픔이 있습니다.

아파하지 말라고 한다면 거짓입니다.

아픈데 아프지 말라고 어떻게 말할 수 있겠습니까?

원래 아픈 겁니다. 산다는 것이 아픈 겁니다.

온몸을 다해서 삶을 버티고 인내하며 사십시오.

누가 이런 말을 합니다.

"내가 이런 꼴을 보면서까지 살아야 합니까?"

저는 대답합니다.

"살아야죠. 당연히 살아야죠.

참으면서 꿋꿋이 살아가는 것.

그것이 인생입니다."

운명을 바꾸는
세 가지 법칙

사주팔자라고 들어보셨죠?

사람이 태어난 연월일시 네 자리를 계산해서 여덟 글자를 만들고, 그것을 바탕으로 이 사람이 앞으로 어떻게 살아갈지 예측하는 일종의 운명통계학입니다. 나름 동양의 오래된 학문이랍니다.

저도 예전에 호기심으로 사주학을 공부한 적이 있는데요. 맞을 때는 신기하게 똑떨어지게 맞다가도 틀릴 때는 시원하게 국수 말아먹듯이 틀리더군요. 하도 답답해서 나름 사주학의 고수분들에게 자문을 구했더니 고맙게도 솔직하게 말씀해주시더군요. 사주팔자로도 인간의 운명을 완벽하게 알 수 없다고요. 덕분에 미련 없이 사주학 공부를 탁탁 털어버릴 수 있었답니다.

한창 사주학에 관심이 있을 때 손에 잡히는 대로 책을 탐독하다가 재미난 이야기를 발견했습니다.

오래전에 아주 유명한 도사가 있었답니다. 산에 들어가 열심히 공부해서 큰 성과를 얻고는 세상에 내려와 사람들의 사주팔자를 봐주는데 적중률이 백발백중이었다고 합니다.

그런데 가끔 사주팔자대로 살지 않는 사람들을 만나게 되었답니다. 분명히 타고난 사주를 보면 부자로 살 사람인데 실제로는 가난하게 사는 사람이 있고, 반대로 가난하게 살 사람인데 실제로는 부유하게 사는 사람이 있더랍니다.

또한 타고난 사주를 보면 일이 잘 풀릴 운인데 실제로는 운이 꼬인 사람이 있고, 반대로 운이 꽉 막힌 사람인데 실제로는 일이 술술 잘 풀린 사람이 있더랍니다. 사주팔자의 이론과 실제가 너무도 달랐던 거죠.

도사는 고민에 빠졌습니다. 그리고 사람들을 세밀하게 관찰하면서 치열하게 탐구합니다. 과연 뭘까? 저 사람들의 운명의 변수가 무엇일까? 끊임없이 고민합니다. 관찰하면서 사유한 끝에 도사는 말년에 다음과 같은 결론을 사람들에게 내놓습니다.

"내가 평생 사람의 운명을 연구했는데 타고난 사주팔자와 전혀 다른 운명으로 사는 사람들이 있더이다. 오랫동안 연구한 끝에 세 가지 이치를 발견했으니 잘 들어보시오.

첫째, 마음이 아주 착하고 덕을 많이 쌓은 사람들은 팔자에 나쁜 운이 있어도 아무런 재앙 없이 무사히 넘어가는 것을 보았소.

둘째, 마음이 아주 악하고 덕을 쌓지 못한 사람들은 팔자에 좋은 운이 있어도 곤경에 빠져서 신세를 망치는 것을 보았소.

셋째, 종교에 귀의하여 신심이 지극한 사람들은 타고난 운명을 뛰어넘는 것을 분명히 보았소.

이 세 가지 이치는 내가 평생 연구하여 터득한 것이니, 그대들도 타고난 운명을 바꾸고 싶다면 마음을 곱게 쓰고 복덕을 많이 쌓으시오."

자신의 운명을 탓하며
마음 밖으로 이리저리 방황하기보다
차라리 자신의 운명을
밝고 환하게 바꾸길 권해봅니다.

다들 알고 계시죠?
운명運命의 '운' 자가 '움직일 운'이라는 것을.

원래 멀쩡해

한 도시에 성형외과 의사가 있었습니다. 하루는 어떤 사람이 찾아와 상담을 청했습니다.

"선생님, 제 얼굴이 삐뚤어진 것 같아요."

의사는 그의 얼굴을 자세히 살펴보았습니다.

"원래 사람의 얼굴은 미세하게 비대칭입니다. 이 정도면 아무 문제 없습니다."

그 사람이 며칠 후에 다시 찾아왔습니다.

"선생님, 아무리 봐도 턱이 삐뚤어진 것 같아요."

의사는 그의 턱을 자세히 살펴보았습니다.

"아무 문제 없습니다. 정말 괜찮습니다."

돌려보냈던 그 사람이 며칠 후에 또 찾아왔습니다.

"선생님, 거울을 볼 때마다 얼굴이 자꾸 삐뚤어져 보여요."

의사는 그 사람과 진지하게 대화를 나눴습니다. 그리고 다른 병원을 추천하자 그는 다시 찾아오지 않았습니다. 궁금했던 간호사가 의사에게 물었습니다.

"원장님, 그 사람이 이제는 오질 않네요?"

의사가 심드렁한 표정으로 대답했습니다.

"응. 안과에 보냈거든. 그 사람 시력에 문제가 있더라."

병의 원인을 정확히 파악할 때 병을 치료할 수 있습니다.

문제의 원인을 정확히 이해할 때 고민의 해답이 드러납니다.

어떤 눈으로 보느냐에 따라서 내 얼굴이 정상으로 보일 수도 있고, 삐뚤게 보일 수도 있습니다. 지금 당신에게 큰 고민이 있다면, 당장 필요한 것은 마음의 눈을 교정하는 일일지도 모릅니다. 마음의 눈을 교정하는 것, 그것이 마음공부입니다.

우리는 살면서 끊임없이 고민과 문제에 부딪힙니다. 그러나 우리가 안고 있는 고민과 문제 가운데 상당수는 처음부터 별로 중요하지 않은 것일 수 있습니다.

인생을 바라보는 눈이 바뀔 때
나를 그토록 괴롭히던 고민과 문제가 원래부터
중요하지 않았다는 것을 실감하게 됩니다.
그 사실을 안다면 삶이
조금은 덜 퍽퍽하지 않을까요?

자신의 운명을 탓하며
마음 밖으로 이리저리 방황하기보다
차라리 자신의 운명을
밝고 환하게 바꾸길 권해봅니다.

다들 알고 계시죠?
운명運命의 '운' 자가 '움직일 운'이라는 것을.

같은 곳에

칠흑 같은 밤중에 손을 더듬어
어렵사리 성냥불을 켭니다.

화악— 드러난 주홍빛이
수줍은 듯 춤을 춥니다.

주홍빛은 이내 허물어지며
고개를 떨구고 무대 밖으로 퇴장합니다.

문득,

아까는 어두웠고
순식간에 밝았다가
다시금 어둡습니다.

어쩌면 빛과 어둠은
계속 같은 곳에 있었나 봅니다.

우리는 늘
행복을 바라고
불행을 밀어냅니다.

그러나
때로는 행복했고
가끔은 불행하며
다시금 행복합니다.

어쩌면
행복과 불행은
원래 같은 곳에 있었던가 봅니다.

빛과 어둠을 쪼갤 수 없듯이
행복과 불행도 결국
같이 갈 길동무였나 봅니다.

나 이제는
행복을 사랑하는 마음으로
불행을 미워하지 않겠습니다.

늦은 밤 성냥개비 속에서
그렇게 스승을 만났습니다.

"난 그래도
삼재를 믿어"

'삼재'라고 들어보셨나요?

삼재는 사람의 인생에서 9년 주기로 맞이하게 되는 인생의 고비와 재난이 겹치는 시기를 뜻합니다. 삼재를 미신으로 치부하는 사람들도 있지만, 민간에 워낙 오랫동안 뿌리박힌 관념이라 삼재를 깊이 믿는 분들이 꽤 많습니다.

지는 솔직히 삼재를 별로 믿지 않습니다. 다른 이유는 아니고요, 평소에 사람들을 관찰해보면 삼재가 아닌데도 일이 꽉 막혀서 힘들고 어렵게 사는 분들이 있습니다. 반면에 삼재가 들었는데도 하는 일마다 술술 잘 풀리는 분들도 있습니다. 그래서 그냥 그러려니 하고 삼재에 대해서 별로 신경을 쓰지 않게 되었습니다.

어느 날 친구와 삼재에 관하여 대화를 나눈 적이 있습니다. 그 친구는 삼재를 100퍼센트 믿고 의지합니다. 비교적 젊은 친구가 삼재를 확신하기에 왜 그런가 물어봤습니다. 친구의 말은 이랬습니다.

"내가 지금까지 살아오면서 큰일을 몇 번 겪었거든. 그런데 가만히 계산해보니까 전부 삼재 때 일어난 일이더라고. 내 경험상 삼재는 분명히 있어."

삼재 중에서도 나가는 날삼재가 더 무섭다느니 하면서 제법 전문용어까지 튀어나옵니다. 나이와 연도까지 들먹이며 열변을 토하니 제가 할 말이 없습니다. 그러다가 문득 친구에게 생년월일을 불러보라고 했습니다. 요새 성능 좋은 인터넷 만세력으로 친구의 팔자를 펼쳐봤습니다.

오, 맙소사!
웬일입니까!
지금까지 친구가 자기 나이를 잘못 계산해서 자신의 삼재를 엉터리로 알고 있었던 겁니다. 태어난 때가 겨울이라 양력 음력 계산에서 자신의 해를 잘못 뽑았던 겁니다. 한마디로 친구가 경험했다는 큰일이 터졌던 시기가 실제로는 삼재 때가 아니었던 거죠.

그때 친구의 멍한 표정이 기억납니다. 아마 자기도 꽤 당황했을 겁니다. 그리고 친구의 비장한 한마디.

"난 그래도 삼재를 믿어."

그렇다고 삼재를 무조건 나쁘게 보지는 않습니다. 나름대로 순기능도 있다고 생각합니다. 바쁘게 달려온 인생의 한 시기에 삼재 때가 되면 가던 길을 잠시 멈추고 주변을 살피며 왔던 길을 돌아보고 숨을 고르는 신중과 반추의 시기도 필요하다고 봅니다. 다만 제가 우려하는 부분이 있다면, 맹목적인 믿음에 취해서 스스로 마음을 가둬버리는 것입니다. 그래서 삼재가 되면 나쁜 일이 생길 거라는 자기 최면에 빠지는 것입니다.

징크스라는 말이 있습니다. 재수 없고 불길한 일이 일어날 때 전혀 관계없는 조건에 원인을 갖다 붙여서 그러한 결과가 생겼다고 믿는 것입니다. 누구나 자기만의 징크스가 있습니다. 조금 덜한 사람이 있고, 조금 더한 사람이 있고, 아주 심하게 집착하는 사람도 있습니다.

명상을 하다 마음이 투명해질 때, 혹은 어떤 현상들을 관찰하다 무언가 핵심이 짚일 때, 문득 이런 생각이 팍 일어납니다.

'우리는 지금 너무 많은 가짜 신념에 끊임없이 속고 있는 것은 아닐까?'

그래서 다짐해봅니다.

징크스에 굴림 당하지 말고 징크스를 굴리는 존재가 되자.

그리고 9년마다 또 다짐해봅니다.

삼재에 굴림 당하지 말고 삼재를 굴리는 사람이 되자.

삼재를 포함한 모든 불운에서
자유롭고 편안한 존재가 되시기를,
스스로 만든 가짜 신념에
속지 않으시기를 진심으로 바랍니다.

깨어 있으라

깨달음을 얻은 스승에게 한 제자가 있었습니다. 스승 밑에서 수행하던 제자는 구도 여행을 떠나 오랫동안 수많은 수행자를 만났습니다. 그리고 마침내 자신이 깨달음을 얻었다는 확신이 들자 다시 스승을 찾아갔습니다.

제자는 호기 가득한 얼굴로 스승에게 말했습니다.

"스승님, 저의 깨달음을 증명해주십시오."

스승은 미소를 지으며 제자를 쳐다보았습니다. 그리고 물었습니다.

"방에 들어올 때 너의 지팡이를 신발 오른쪽에 두었느냐, 왼쪽에 두었느냐?"

제자는 순간 움찔했습니다. 스승이 어떤 질문을 할지, 또 자신은 어떻게 대답할지 오직 그것만 생각하느라 지팡이를 어디에 두었는지 도무지 기억나지 않았습니다.

당황하는 제자를 보면서 스승이 소리쳤습니다.

"깨달음을 얻었다더니 정작 제 지팡이가 어디 있는지도 모르는구나. 허허허."

제자는 자리에서 일어나 스승에게 절을 올렸습니다. 그리고 다시 처음 마음으로 돌아가 수행을 시작했습니다.

훗날 제자도 훌륭한 스승이 되었습니다. 그는 항상 제자들에게 말했습니다.

"도를 닦는 이들이여, 내가 스승님께 배운 것을 모두 공개하겠다. 멀리서 깨달음을 구하지 말고 지금 이 순간 깨어 있으라. 명심하라. 이것이야말로 내가 얻은 최고의 가르침이다."

당신은 깨어 있나요?

명심하세요. 깨달음은 멀리 있지 않습니다.

지금, 이 순간 깨어 있기를.

가장이란
이름의 짐꾼이여

남자든 여자든 가정의 생계를
책임지는 주체를 가장이라 부릅니다.
이런 가장의 등에는 항상 짐이 있습니다.
식구라는 짐입니다.

아무리 체력이 좋아도 짐이 무거우면
지쳐서 주저앉고 싶을 때도 있습니다.

왜 사는가?
왜 살아야 하는가?

수많은 가장이 쉬지 않고 던지는 이 물음은
아무리 곱씹어도 빠지지 않는
목구멍에 걸린 가시 같은 질문.

치열한 삶에 지쳐 안락을 꿈꾸다가 비로소 깨닫습니다.
평범하게 산다는 것이 얼마나 어려운 일이던가!
밥 한술에 물 한 잔으로 입을 헹구고
배를 두드리며 하늘에 뜬 구름을 보고서야 깨닫습니다.
산다는 게 사실 별것 아니라는 것을.

알면서도 놓아버리지 못하는 것은
저마다 짊어진 숙제가 있기 때문입니다.
어느 가장이 그랬던가요.
짐 중에 제일 무겁지만 절대 내려놓을 수 없는 것은
가족이라는 짐이라고.

그래도 인생을 살아본 사람들은 말합니다.
누구나 등에 지고 있는 이 숙제들이
사실은 내 인생을 짓누르는 짐이 아니라
비탈진 오르막길에서 내 등을 밀어주고

나를 지탱해준 희망이었음을.

왜 사는가?
이 물음에 어느 가장은 답합니다.
숙제를 푸는 마음으로 살아간다고.

인생이란
끝없이 튀어나오는 문제의 연속.
정답은 없습니다.
문제를 풀다 보면 길이 보이고
걷다 보면 도착하는 것이 우리네 인생길입니다.

언젠가 종착점에 도착하는 날
스스로 칭찬해주고 싶습니다.
"그래, 먼길 끝까지 잘 왔구나"라고.

당신은
이미 기적입니다

난 당신에게 기적이고 싶습니다.
난 당신에게 희망이고 싶고
길이요, 빛이 되고 싶습니다.

아니에요.
누군가에게 기적이 되려 하지 마세요.
당신의 존재가 이미 기적입니다.

누군가에게 희망이 되려 하지 마세요.
당신의 존재가 곧 희망의 증거랍니다.

누군가에게 길이 되려 하거나
빛이 되려 하지 마세요.

당신의 조건 없는 친절이
뒷사람에게 이정표가 되고,
당신이 일으킨 자비의 마음이
어둠을 밝히는 등불이 됩니다.

기억하세요.
작은 물방울이 모여서 바다가 되었고
티끌 먼지들이 쌓여서 산이 되었음을.

당신의 작은 친절과 자비가
큰 기적이요, 희망이요, 길이요, 빛입니다.
당신은 그런 존재입니다.

오늘 당신의 작지만 밝은 발걸음이
모든 생명의 깨달음으로 완성되기를
고요히 축원합니다.
세상의 모든 존재여, 행복하소서.

내 안의 보석

　한마을에서 자란 두 소년이 있었습니다. 절친하게 지내던 둘은 한 친구가 멀리 떠나며 헤어지게 되었습니다.

　세월이 흘러 두 소년은 어엿한 성인이 되어 다시 만났습니다. 한 소년은 큰 부자가 되어 있었고 한 소년은 매우 가난했습니다. 두 친구는 얼싸안고 반가워하며 밤새도록 술을 마시고 회포를 나눴습니다.

　다음 날 아침, 먼길을 가야 하는 부자 친구가 먼저 눈을 떴습니다. 가난한 친구는 곯아떨어져 일어날 줄을 몰랐습니다. 고민하던 부자 친구는 가지고 있던 보석을 가난한 친구의 옷 속에 넣어주고 혹시라도 흘릴까 봐 실로 단단히 꿰매주었습

니다. 친구가 가난한 살림에서 벗어나는 데 도움이 되길 바랐
지요.

그 후 몇 년이 지났습니다. 부자 친구는 근처를 지나다가
문득 가난한 친구의 근황이 궁금했습니다. 그래서 혹시나 하
는 마음에 친구의 집을 찾아갔습니다. 그런데 이게 웬일인가
요! 가난한 친구는 몇 년 전보다도 더 가난하게 살고 있었습
니다.

부자 친구가 의아하여 가난한 친구에게 물었습니다.

"자네, 내가 준 보석은 어쨌는가?"

가난한 친구가 오히려 반문했습니다.

"보석이라니? 그게 무슨 말인가?"

답답한 부자 친구는 가난한 친구에게 옷을 전부 가져오라
고 했습니다. 워낙 가난한 형편이라 친구는 낡은 옷들을 그대
로 가지고 있었습니다. 부자 친구가 옷가지들을 뒤져 보석을
넣어 꿰매주었던 옷을 찾아냈습니다. 그리고 옷깃을 찢어 그
속에 넣어두었던 보석을 꺼내 보여주며 외쳤습니다.

"이것 보게나! 자네는 오랫동안 이 귀한 보석을 가지고 있
었다네."

누구에게나 자기만의 보석이 있습니다.

이 찬란한 보석은 눈에 보이지 않고,

손으로 만질 수 없습니다.

하지만 지금 이 순간에도 나와 함께 또렷이 존재합니다.

그런데 사람들은 그것을 잘 모릅니다.

눈에 보이고, 귀에 들리고,

손으로 만질 수 있는 것들에만 정신이 팔려서

정작 자신에게 귀한 보석이 있음을 알지 못합니다.

그 사실을 망각한 채 가진 것이 없다고 탄식합니다.

또 다른 이야기를 들려드립니다.

항상 자신이 불행하다고 여기는 왕이 있었습니다. 왕은 괴로움에 시달리다가 어느 날 유명한 예언가를 불렀습니다.

"예언가여, 내 병을 치료해다오."

예언가는 말했습니다.

"폐하의 병을 치료할 수 있는 약은 하나밖에 없습니다. 이 나라에서 제일 행복한 사람을 찾아 그의 속옷을 입으십시오. 그럼 분명히 효과가 있을 것입니다."

왕은 기뻐하며 나라에서 제일 행복한 사람을 수소문했습

니다. 그리고 드디어 그 사람을 찾아내 신하들과 함께 그를 만나러 갔습니다. 제일 행복한 사람은 나무 그늘에 누워 낮잠을 자고 있었습니다. 왕은 그를 깨워 간절히 부탁했습니다.

"행복한 자여, 나에게 속옷을 다오. 그대에게 큰 상을 내리겠노라."

행복한 사람은 활짝 웃으며 대답했습니다.

"저에겐 속옷이 없습니다. 속옷을 살 돈조차 없고, 그저 하루 벌어 하루 먹고사는 가난한 사람일 뿐입니다."

그 사람은 이 상황이 재미있다는 듯 웃음을 터뜨릴 뿐이었습니다.

부귀와 영화는 우리가 선택할 수 없습니다.
하지만 부귀영화보다 더 고귀한 나만의 보석은
내가 선택하고 내가 쓸 수 있습니다.

당신은 가난하지 않습니다.
당신의 마음이 가난하다고 여길 뿐입니다.
당신은 풍요롭습니다.
당신의 마음은 우주를 다 품고도 넉넉합니다.
당신은 본래부터 귀하고 찬란한 보석의 주인입니다.

세 가지를
꼭 기억해다오

한 집안의 가장으로 평생을 살아온 할아버지가 있었습니다. 한 여자의 듬직한 남편이자 아이들의 자상한 아버지였습니다. 세월이 흘러 노쇠해진 몸으로 병원에 입원했고, 곧 임종의 시간이 되었습니다. 소식을 듣고 달려온 아들과 딸, 손주를 바라보며 할아버지가 말했습니다.

"너희들에게 꼭 해주고 싶은 말이 있구나. 내가 인생에서 배운 이 세 가지를 꼭 기억해주기 바란다."

할아버지가 침을 삼키고 말을 이었습니다.

"첫째, 꼭 건강을 관리해라. 젊을 때는 몰랐는데 나이가 드니 그동안 무리했던 몸뚱이가 지금까지 말썽이구나. 일도 좋고 노는 것도 좋지만, 절대 쉬는 시간을 낭비하지 마라. 반드시 건강을 챙겨야 한다.

둘째, 가족과 더 많이 대화하고 더 많은 시간을 보내거라. 바쁘다는 이유로, 돈을 번다는 핑계로 너희들과 함께하지 못한 시간이 두고두고 안타깝구나.

셋째, 사람은 결국 죽는다. 이걸 잊지 마라. 소중한 사람이 갑자기 죽을 때 나처럼 후회하지 않길 바란다. 갑자기 죽음이 닥치더라도 나처럼 당황하지 않길 바란다."

할아버지가 숨을 고르고 마지막으로 당부했습니다.

"이 세 가지만은 꼭 기억해다오."

가족들이 숙연해졌습니다. 잠시 후 아들이 침묵을 깨고 입을 열었습니다.

"아버지, 살면서 가장 좋았던 일이 뭔가요?"

할아버지가 눈을 지그시 감았습니다. 잠시 후 눈을 뜨고 또박또박 대답했습니다.

"너희와 함께한 하루하루가 다 좋았다."

인생이란 무엇일까요?

삶은 무엇이고 죽음은 무엇일까요?

누군가 이런 말을 했답니다.

"'앵' 하고 태어나 '휙' 하고 살다가 '억' 하고 죽더라."

왜 태어났는지 모르겠고,
살다 보니 어느새 시간은 흐르고,
죽음은 예고 없이 찾아옵니다.

사람이 죽음을 기다릴 때
무엇을 가장 많이 생각할까요?
돈일까요? 아니면 명예나 권력?
그것은 '기억'이라고 합니다.

죽음 직전에 이르렀을 때 평생의 삶이
스크린처럼 펼쳐지더라는 수많은 체험담이 있습니다.
사람은 결국 죽습니다. 저도 결국 죽습니다.
결국은 다 죽습니다.

그렇다면 여러분,
여러분은 최후의 순간에
어떤 기억을 간직하고 싶은가요?

사람이 죽음을 기다릴 때
무엇을 가장 많이 생각할까요?
돈일까요? 아니면 명예나 권력?
그것은 '기억'이라고 합니다.

여러분은 최후의 순간에
어떤 기억을 간직하고 싶은가요?

번뇌를 없애는
최고의 방법

스승과 제자가 있었습니다. 어느 날 제자가 어두운 표정으로 스승 앞에 무릎을 꿇고 말했습니다.

"스승님, 아무리 수행해도 번뇌가 사라지지 않습니다."

스승은 말없이 제자를 보다가 이윽고 입을 열었습니다.

"너에게 번뇌를 없애는 최고의 방법을 가르쳐주겠다."

기뻐하는 제자에게 스승이 말했습니다.

"먼저 빗자루를 들고 마당을 쓸거라."

제자는 스승의 말을 받들어 열심히 마당을 쓸었습니다.

며칠이 지났습니다. 아무리 기다려도 스승은 번뇌를 없애는 방법을 가르쳐주지 않았습니다.

"스승님, 언제쯤 저에게 가르침을 주시렵니까?"

"가르쳐주겠다. 그 전에 먼저 마당을 쓸거라."

제자는 또 열심히 비질을 했고, 다시 며칠이 지났습니다. 그러나 가르침을 청하는 제자에게 스승의 대답은 똑같았죠.

"마당을 쓸거라."

제자는 우직했고 스승은 말이 없었습니다. 빗자루는 닳아서 더는 사용하기 힘들 정도로 짧아졌습니다.

어느 날 스승이 제자를 불렀습니다.

"너는 지금까지 무슨 생각으로 비질을 했느냐?"

"그냥 아무 생각 없이 했을 뿐입니다."

스승은 웃으며 다 닳아빠진 빗자루를 가리켰습니다.

"아직도 모르겠느냐?"

그 순간 제자는 웃음을 터뜨렸습니다. 그리고 노래했습니다.

오직 할 뿐, 그저 할 뿐
수없는 비질에 빗자루가 닳듯이,
오직 힐 뿐, 그저 할 뿐
수많은 번뇌도 언젠가 닳아 없어지리.

호흡과 하나 되기

국어 문제를 잘 풀려면 국어 공부를 해야 합니다.

수학 문제를 잘 풀려면 수학 공부를 해야 합니다.

마음을 잘 다스리려면 마음공부를 해야 합니다.

국어 시험을 망쳤다면 국어 공부를 해야 할 때입니다.

수학 성적이 나쁘다면 수학 공부를 해야 할 때입니다.

마음이 답답하고 괴롭고 슬프다면,

지금이 바로 마음공부를 해야 할 때입니다.

마음공부의 첫걸음인 간단한 명상법을 알려드리겠습니다.

먼저, 허리를 반듯하게 펴고 편안히 앉으세요.

의자에 앉아도 되고, 침대에 앉아도 됩니다.

방바닥에 책상다리를 하고 앉아도 상관없습니다.

어떤 자세든 중요한 것은 허리를 곧게 펴는 것입니다.

손을 편안하게 놓고, 입술을 다물고, 눈을 살짝 감습니다.

목과 허리는 반듯하게 세우고 어깨 힘은 빼도록 합니다.

자세를 잡았으면 이제부터 편안하게

숨을 들이쉬고 숨을 내쉽니다.

절대 힘을 주거나 잘하려고 애쓰지 마세요.

최대한 힘을 빼고, 그저 편안하고 자연스럽게

숨을 들이쉬고 숨을 내쉬는 것,

이것이 바로 명상의 핵심입니다.

자, 제가 알려드린 대로 호흡을 시작하면

이제부터 머릿속에서 놀라운 전쟁이 일어날 것입니다.

아마도 명상을 시작하고 얼마 되지 않아

머릿속이 온갖 잡념과 망상으로 출렁거릴 것입니다.

그리고 당신은 인정할 것입니다.

'아! 가만히 숨 쉬는 것이 참 어렵구나.'

꼬리에 꼬리를 물고 이어지는 갖가지 상념으로

도저히 고요한 명상에 들어갈 수가 없습니다.

그래서 다들 저에게 묻습니다.

"어떻게 해야 잡념과 망상이 사라지나요?"

그런데 혹시 알고 계시나요?

잡념과 망상이야말로 진정한 명상의 열쇠랍니다.

잡념과 망상을 거부하지 마세요.
있는 그대로 받아들이세요.
단, 생각의 소용돌이에 휩쓸리지 말고
그 생각의 흐름을 그저 바라보세요.

이 세상 어떤 존재도 생각을 멈출 수 없습니다.
다만 그 생각을 바라볼 수는 있습니다.
당신을 괴롭히는 잡념과 망상을 밀어내려 하지 말고
바라보세요. 그저 바라보세요. 가만히 바라보세요.

한낮에 하늘을 올려다보면 구름이 흘러갑니다.
구름은 오고 가는 실체 없는 존재입니다.
저절로 모였다가 저절로 사라질 뿐입니다.
실체도 없는 구름에 애써 집착할 필요가 없습니다.
명상할 때 밀려오는 잡념과 망상이 저 구름과 같습니다.

구름 같은 잡념과 망상에 신경 쓰지 마세요.
그저 일어나고 사라질 뿐입니다.

구름 너머에 있는 파란 하늘을 보듯이
망상 너머에 있는 환한 마음을 꿰뚫어 보세요.

당신은 참 복이 많습니다.
아주 오래된 명상의 역사 속에서 수많은 수행자가
어렵게 찾아낸 명상의 핵심과 본질을
당신은 아주 쉽게 배웠으니까요.

물론, 명상의 온전한 성취는 당신의 노력에 달렸습니다.
이론과 실제는 분명히 차이가 있습니다.
지금 앉아서 한번 도전해보시기 바랍니다.

마음공부로 당신의 마음이 평온하길,
명상수행이 당신을 자유로 이끌어주길.
백 가지 이론과 천 가지 말보다
직접 실천해보시기 바랍니다.

2장

중심만 잡으면 괜찮아요

어쩌면 우리는 자신도 모르게

너무 힘을 주고 사는지도 모르겠습니다.

조금은 흔들려도 괜찮더군요.

중심만 잡으면 조금은 흔들려도 괜찮습니다.

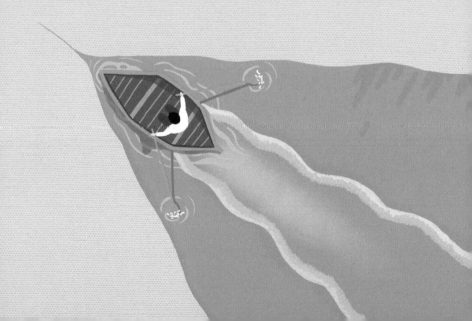

무엇이 진정한
승리인가요

위대한 장군이 있었다. 그는 만 명의 군사로 백만 명의 적
군을 물리친 장수였다. 세상에 아무것도 두려울 게 없었던 장
군에게는 몹시 아끼는 도자기가 하나 있었다.

어느 날 장군은 애지중지하는 도자기를 감상하다가 그만
손에서 놓쳐 깨뜨릴 뻔했다. 간신히 도자기를 붙잡은 장군은
안도의 한숨을 내쉬었다. 그리고 그 순간 깨달았다.

'세상에 무서울 게 없는 내가, 만 명의 군사로 백만 명의 적
군을 물리친 내가, 고작 흙으로 빚은 도자기 따위에 벌벌 떨
다니…….'

장군은 그 자리에서 그토록 아끼던 도자기를 바닥에 던져

깨뜨려버렸다.

제자들에게 이 이야기를 들려준 스승은 말합니다.

"전쟁터에서 수많은 적을 정복하는 것보다
자기 자신을 정복하는 것이야말로 진정한 승리라네.
저 장군이 도자기를 깨뜨린 것과 같이
그대들은 그대들의 집착을 깨뜨려라.
깨뜨린 만큼 자유로워지리라.
부서진 만큼 평온하여지리라."

살아가면서
놓치는 많은 것들

'투명 고릴라 실험'을 아시나요? 이미 대중적으로 널리 알려진 유명한 실험입니다.

하버드대학의 크리스토퍼 차브리스Christopher Chabris와 일리노이대학의 대니얼 사이먼스Daniel Simons는 아주 독특한 심리 실험을 생각해냅니다. 실험은 다음과 같습니다.

사람들에게 짧은 동영상을 보여줍니다. 영상에는 농구공을 패스하는 두 팀이 나옵니다. 한 팀은 흰 옷을 입었고 다른 팀은 검은 옷을 입었습니다. 이 영상을 사람들에게 보여주면서 다음과 같이 요구합니다.

"흰 옷을 입은 팀이 공을 몇 번 패스하는지 횟수를 정확히 세어보세요."

영상을 시청하는 사람들은 흰 옷을 입은 팀에 집중합니다. 그때 영상 속에서 돌발 상황이 발생합니다. 고릴라로 변장한 사람이 가슴을 두드리며 농구 코트 한가운데를 천천히 가로질러 걸어갑니다. 이 고릴라가 영상에 나타난 것은 9초 정도였죠.

그런데 동영상이 끝나고 희한한 일이 벌어졌습니다. 동영상을 집중해서 보던 사람들의 절반 이상이 고릴라를 전혀 보지 못했다고 말합니다. 심지어 영상에 고릴라가 등장하지 않았다고 우기기까지 합니다. 이것이 훗날 수많은 심리학자가 극찬한 '투명 고릴라 실험'입니다.

'무주의 맹시inattentional blindness'라는 용어가 있습니다. 아무리 눈앞에 있는 것도 주의를 기울이지 않으면 보이지 않는 현상입니다. '변화 맹시change blindness'라는 용어도 있습니다. 주변 사물에 변화가 생겼는데도 이를 쉬이 알아차리지 못하는 현상입니다.

이 실험은 많은 것을 생각하게 합니다. 우리의 의식은 의외로 매우 단순하며, 주의를 기울이지 않으면 현상의 많은 부분을 놓쳐버린다는 것을 알려줍니다.

　사람의 마음이란,
　자기가 보고 싶은 것을 보고
　자기가 듣고 싶은 것을 듣고
　자기가 믿고 싶은 것을 믿으려는
　자기 고집의 성질이 있습니다.
　그러한 자기 위주의 성질 속에서
　우리는 참 많은 실수와 착각을 하며 살아갑니다.

　분명히 내가 봤는데
　알고 보니 내가 봤던 것과 다르고,
　분명히 내가 들었는데
　알고 보니 내가 들었던 것과 다른 일이 많습니다.

　무언가에 유독 집착하는 사람은
　살면서 오히려 더 많은 것을 놓칩니다.

　일에만 집착할 때
　건강을 놓쳐버릴 수 있고,

돈에만 집착할 때
관계를 놓쳐버릴 수 있고,
이익에만 집착할 때
사람다움을 놓쳐버리게 됩니다.

때때로 이런 생각을 합니다.
'그동안 참 많은 것을 놓치며 살아왔겠구나.
어쩌면 앞으로도 그러기 쉽겠구나.'

인생이라는 우거진 길을 걸어가며
잠시라도 자신의 발걸음을 돌아볼 줄 아는
여유를 가지길 희망해봅니다.

아버지의
마지막 당부

큰 병에 걸린 아버지가 있었습니다. 의사는 가망이 없다고 했습니다. 길어야 3개월, 운이 좋으면 6개월……. 가족들은 오열했습니다. 아버지는 처음에 당황했고 이어서 어이가 없었습니다. 분노했고 눈물을 흘렸습니다. 그리고 체념했습니다.

아버지는 집으로 돌아가겠다고 했습니다. 가족들이 만류했지만 차가운 병실에서 마지막 순간을 보내고 싶지는 않았습니다. 자신의 반평생 온기가 남아 있는 집에서 눈을 감는 게 마지막 바람이었습니다.

가을이 지나가는 길목이었습니다. 집으로 돌아간 아버지는 침대에 누워 창밖의 뜰을 바라보는 것이 유일한 낙이었습니다. 한두 달이 흐르는 동안 아버지는 더욱 어둡고 침울해졌습니다. 가끔 숨죽여 우는 소리가 문밖으로 새어나왔습니다. 가족들은 어떻게 해야 할지 안절부절못했습니다. 그저 같이 슬픔에 빠지는 것밖에는 할 수 있는 일이 없었습니다. 텅 빈 논밭처럼 집 안에 스산한 바람이 불었습니다.

어느 날이었습니다. 아버지가 자리에서 일어났습니다. 갑자기 창문을 열고 방 안을 환기했습니다. 그리고 조금씩 음식을 입에 대기 시작했습니다. 힘겹게 미소 지으며 가족과 대화도 이어갔습니다. 날이 좋으면 지팡이에 의지해 공원을 산책하고 이웃들과 덕담을 나누었습니다.

통증이 심해질 때면 진통제에 의지하면서도 아버지는 미소를 잃지 않았습니다. 오히려 그런 아픔 속에서도 큰 소리로 웃기까지 했습니다. 가족들은 의아했습니다. 처음에는 오싹한 느낌마저 들었습니다. 하지만 그런 분위기가 나쁘지는 않았습니다. 냉기와 침묵이 흐르던 집 안에 온기와 웃음이 감돌자 가족들은 궁금했습니다. 도대체 무엇이 아버지를 변하게 했는지.

어느 날 아버지가 빙긋 웃으며 말했습니다.

"내가 시한부 환자라는 것을 인정하고 자리에 누웠을 때 마음이 지옥 같았단다. 밤에 잠들 때는 그냥 고통 없이 이대로 죽었으면 했고, 아침에 눈을 뜰 때는 기적이 일어나 병이 사라지기를 바랐지. 그런 복잡한 생각과 집착이 나를 아프고 괴롭게 만들더구나. 정말이지 슬픔과 번뇌 속에서 미쳐버릴 것만 같았다.

하루는 하염없이 창밖을 보는데 문득 저 나무가 눈에 밟히더구나. 이파리를 떨구는 모습이 마치 나를 보는 것 같았거든. 그때부터 저 나무를 바라보는 것이 일과였단다. 그러다 가지에 이파리가 몇 남지 않았을 때 이런 생각이 드는 거야.

'저 나뭇잎들도 결국 떨어질 것이다. 겨울이 오면 남김없이 다 사라질 것이다. 다만 먼저 떨어지는 잎이 있고, 조금 나중에 떨어지는 잎이 있을 뿐이지. 순서는 있어도 결국은 다 떨어지는 거다.'

순간 정신이 번뜩 들더구나. 어차피 사람은 다 죽는다. 먼저 죽느냐, 나중에 죽느냐 차이가 있을 뿐이지. 나에겐 그 시간이 조금 앞당겨진 것뿐이다. 어차피 마주할 죽음이라면 이 소중한 시간에 내가 무얼 하고 있는 건가?"

아버지가 미소를 지으며 말을 이었습니다.

"언젠가는 떠날 인생…… 마지막을 기쁜 마음으로 보내고 싶더구나."

가족들은 조용히 눈물을 흘리며 아버지의 어깨를 안아주었습니다.

그 후로 아버지는 3년을 더 살다가 편안히 눈을 감았습니다. 담당 의사는 놀라워했습니다. 말년에 환자가 보여준 활기찬 모습을 떠올리며 아마도 긍정적인 생각이 병의 진행을 늦췄을 거라고 추측했습니다.

장례식에 모인 사람들은 마지막에 보여준 고인의 진솔한 모습을 기억하며 그를 추모했습니다. 가족들은 아버지의 임종을 떠올렸습니다. 마지막에 아버지는 희미하게 미소 지으며 이렇게 말했습니다.

"좋구나…… 아주 좋다. 너희도 웃어라."

세상의 모든 아버지여, 행복하시길.

조금은 흔들려도 괜찮아

오고 가는 길에 대중교통을 이용합니다.
때로는 버스를 타고
때로는 전철을 탑니다.
손잡이를 붙들고서 달리는 차에 몸을 맡깁니다.
이리 흔들
저리 흔들
몸뚱이가 휘청합니다.

흔들리지 않으려고 용을 써봅니다.
손에 꽉 힘을 주면 손목이 아파옵니다.

팔에 꽉 힘을 주면 팔뚝이 저려옵니다.
발에 꽉 힘을 주면 다리가 뻣뻣해옵니다.
나중에는 온몸이 기진맥진 지쳐버립니다.
힘을 주면 줄수록 오래 버티지 못합니다.

힘을 뺍니다.
적당히 손에 힘을 주고
적당히 팔에 힘을 주고
적당히 발에 힘을 줍니다.
흔들리는 차에 자연스레 몸을 맡깁니다.

아! 그렇습니다.
조금은 흔들려도 괜찮습니다.
넘어지지만 않으면 됩니다.
아니, 넘어져도 괜찮습니다.
다시 일어나면 됩니다.
살짝은 창피하겠지요.
하지만 별일은 아닙니다.
다시 일어나면 되니까요.

조금은 흔들려도 괜찮습니다.
적당히 힘을 빼고, 적당히 힘을 주고
이리 흔들 저리 흔들
그저 중심만 잡으면 됩니다.

어쩌면 우리는 자신도 모르게
너무 힘을 주고 사는지도 모르겠습니다.
조금은 흔들려도 괜찮더군요.
중심만 잡으면 조금 흔들려도 괜찮습니다.

흔들리는 차 안에서
살아가는 지혜를 배워봅니다.

엄마를 일으켜
세운 한마디

작은 공장을 운영하는 부부가 있었습니다. 성실한 부부는 신용을 발판으로 사업을 점차 확장했습니다. 일이 술술 풀려서 이대로만 가면 남부럽지 않은 부자가 될 것만 같았습니다. 그러다 IMF 외환위기가 터졌습니다. 혼란스러운 상황에서 결국 공장이 부도나고 그동안 쌓아 올린 공든 탑이 무너져 내렸습니다.

부부는 살던 집을 비워주고 간단한 짐만 챙겨서 난간방으로 옮겼습니다. 짐을 풀고 정신을 차려보니 너무나 허무하고 비참했습니다. 그냥 죽고만 싶었습니다. 부부는 며칠 밤을 눈물로 지새웠습니다. 울면서 모든 것을 놓아버렸을 때였습니다. 어린 딸이 다가와 울먹이며 말합니다.

"엄마! 엄마가 이러고 있으면 우린 어떡해. 엄마가 이러고 있으면 우린 누굴 믿고 살아."

우는 딸을 보며 엄마는 정신이 번쩍 들었습니다. 그랬습니다. 절망에 빠져 모든 것을 놓아버리기에는 소중한 아이들이 있었습니다. 엄마는 입술을 깨물었습니다.

'살아야 한다. 아이들을 위해서라도 다시 일어나야 한다.'

부부는 다시 일을 시작했습니다. 닥치는 대로 무슨 일이든 열심히 했습니다. 힘들고 지칠 때면 아이들을 생각했습니다.

'내가 쓰러지면 아이들이 누굴 의지할까. 일어나자. 아이들을 위해서라도……'

그렇게 오랜 시간 우여곡절이 많았습니다.

세월이 흘러 아이들은 웬만큼 자랐고, 부부는 예전 같지는 않아도 다시 작은 공장을 꾸리게 되었습니다. 한숨을 돌린 부부는 때때로 지난 일을 떠올려봅니다. 삶의 끈을 놓아버리고 싶었던 그때, 딸이 다가와 했던 한마디.

"엄마가 이러고 있으면 우린 어떡해."

잘 자라준 아이들을 보면서, 웃고 있는 서로의 얼굴을 보면서 부부는 생각합니다.

'힘들었지만 그래도 잘 버텼구나. 고마워요 당신. 고마워 애들아. 그리고 사느라 애쓴 나도…….'

조금은 흔들려도 괜찮습니다.
적당히 힘을 빼고, 적당히 힘을 주고
이리 흔들 저리 흔들
그저 중심만 잡으면 됩니다.
중심만 잡으면 조금 흔들려도 괜찮습니다.

아이에게 배웁니다

순수를 배웁니다.

맑고 깨끗함을 배웁니다.

재고 따지고 계산하지 않는 그 티 없음을 배웁니다.

며칠 전입니다. 식당에서 스님들과 우거지국밥을 먹고 있었습니다. 그때 어린 남자아이가 엄마 아빠 손을 잡고 식당에 들어왔습니다.

자리에 앉더니 아이가 느닷없이 묻습니다.

"엄마, 저 아저씨들은 왜 머리카락이 없는 거야?"

엄마가 놀라서 아이를 안으며 조용히 타이릅니다.

"스님들이셔. 그런 말은 엄마 귀에다 해."

아이의 부모가 우리 눈치를 보며 당황합니다. 아무리 아이라지만 이건 아니다 싶어서 점잖게 한마디 던졌습니다.

"응, 이거 탈모야~."

밥을 다 먹고 식당을 나오는데 아이가 큰 소리로 외칩니다.

"안녕히 가세용~."

기특해서 한마디 더 해주었습니다.

"응, 그래. 너도 나중에 탈모 조심해~."

키득키득 웃던 아이 엄마와 아빠가 기억납니다.

아이에게 배웁니다.

계산하지 않는 그 천진함을.

아이에게 배웁니다.

분별하지 않는 그 순진함을.

그런데, 갑자기 생각나서 말인데요

이름 모를 어느 불자님,

왜 저에게 샴푸를 선물하신 겁니꽈~!!

뱃사공이
들려준 지혜

작은 조각배로 사람들을 건네주던 뱃사공이 있었습니다. 그는 평생을 사공으로 일하면서 수많은 사람을 만났습니다. 배를 타고 강을 건너다 사공과 대화를 나눠본 사람들 사이에서 그가 지혜롭다는 소문이 나기 시작했습니다.

지혜로운 뱃사공을 만나기 위해 사람들이 일부러 찾아왔습니다. 저마다 고민을 안고 온 사람들에게 뱃사공은 항상 이렇게 말했습니다.

"인생은 파도와 같습니다."

그렇습니다.

인생은 파도와 같습니다.

끊임없이 출렁이며 한결같지 않습니다.

때로는 부드럽게, 때로는 격렬하게.

도무지 한 치 앞을 예상할 수 없습니다.

누구나 자신의 삶이 평온하길 바랍니다.

하지만 인생은 파도와 같습니다.

끊임없이 출렁이며 한결같지 않습니다.

그것이 인생입니다.

뱃사공은 풍랑을 탓하지 않습니다.

날이 좋으면 배를 띄우고

풍랑이 심하면 잠시 쉬어 갑니다.

결코 풍랑에 맞서려 하지 않습니다.

강물과 바람에 자신을 맡길 뿐입니다.

유연한 뱃사공은 물살에 휩쓸리지 않습니다.

도도한 물결 위에서 뱃사공은

아마도 인생을 엿보았나 봅니다.

누구나 자신의 삶이 평온하길 바랍니다.
하지만 인생은 파도와 같습니다.
끊임없이 출렁이며 한결같지 않습니다.
그것이 인생입니다.

괴로움 없이 행복하게
사는 법

지혜롭다고 소문난 현자가 있었습니다. 멀리서 많은 사람이 찾아와 현자에게 질문하고 답을 구했습니다.

하루는 한 청년이 찾아와 현자에게 물었습니다.

"지혜로운 분이시여, 평생 괴로움 없이 행복하게 살고 싶습니다. 어떻게 하면 될까요?"

현자가 청년에게 말했습니다.

"방법이 있습니다. 가르쳐주면 실천할 수 있겠습니까?"

청년이 눈을 반짝이며 대답했습니다.

"물론입니다. 방법만 알려주십시오."

현자는 말했습니다.

"어리석음이 사라지면 평생 괴로움 없이 행복하게 살 수 있습니다."

"어리석음을 없애려면 어찌해야 하나요? 제발 가르쳐주십시오."

현자는 지그시 눈을 감았다가 잠시 후 입을 열었습니다.

"정성스럽게 기도하면 어리석음을 없앨 수 있습니다. 저 앞에 보이는 돌덩이를 가져가서 지극하게 기도하세요. 당신의 기도가 지극하다면 저 돌에 꽃이 필 겁니다. 돌 위에 꽃이 필때 당신의 어리석음이 사라질 겁니다."

청년은 현자의 가르침대로 돌덩이를 들고 집으로 갔습니다. 그리고 돌 앞에서 열심히 기도했습니다.

며칠 후, 청년이 다시 현자를 찾아왔습니다.

"아무리 기도해도 돌에 꽃이 피지 않습니다."

현자가 말했습니다.

"정성이 부족해서 그렇습니다. 더 열심히 기도하세요."

청년은 다시 정성을 다해 기도했습니다. 그래도 꽃은 피지 않았습니다. 주변 사람들이 하나둘 청년을 비웃기 시작했습니다.

짜증이 난 청년은 씩씩거리며 현자를 찾아갔습니다.

"죽어라 기도해도 돌에 꽃이 피지 않습니다. 오히려 사람들이 저를 비웃고 있습니다. 부디 저에게 믿음을 주십시오."

현자는 껄껄 웃으며 말했습니다.

"젊은이여, 아무리 기도해도 돌 위에는 꽃이 피지 않습니다. 어떻게 돌 위에 꽃이 핀단 말입니까? 살면서 그런 일이 있다는 걸 한 번도 들어본 적이 없습니다."

청년은 얼굴이 시뻘게져서 화를 냈습니다.

"왜 저를 속이신 겁니까!"

"그대는 나에게 평생 괴로움 없이 행복하게 살 수 있는 법을 물었습니다. 맞습니까?"

"네, 맞습니다."

"난 그대에게 어리석음을 없애면 된다고 답을 주었습니다. 맞습니까?"

"그것도 맞습니다."

현자는 미소 지으며 말했습니다.

"바로 그것입니다. 돌 위에 꽃을 피우겠다는 생각이 바로 어리석음입니다. 돌 위에 꽃이 필 수 없듯이, 아무 괴로움 없이 평생 행복하게만 살 수는 없습니다. 어떤 괴로움도 없이 평생 행복하게만 살겠다는 생각이 어리석음이란 것을 깨달는다면 그대의 삶은 훨씬 편안해질 것입니다.

명심하세요. 살다 보면 괴로움도 생기고 행복한 일도 생깁니다. 하지만 괴로움도 영원하지 않고 행복도 영원하지 않습니다. 그게 바로 인생입니다."

인생을 살아가는 모두에게는 소망이 있습니다.
고통 없이 즐겁고 행복하게 사는 것입니다.

하지만 인생을 오래 살아본 사람은 압니다.
인생길을 걷다 보면 오르막도 있고 내리막도 있음을.
꽃길을 걷다가도 가시밭길을 만나기도 한다는 것을.

행복에 대한 지나친 집착이 행복을 가로막습니다.
살면서 필연적으로 만날 수밖에 없는 괴로움과 아픔,
상처조차도 그대로 껴안을 수 있어야 합니다.

세상에 고민 없고 상처 없는 사람이 몇이나 될까요?
속을 들여다보면 누구나
자기만의 숙제와 짐을 안고 살아갑니다.

어차피 가야 할 길,

언젠가는 만날 장애물이라면 웃으며 넘어가세요.

길 끝에서 걸음을 멈추고 뒤돌아보게 되는 날,

지나온 길 위에 눈물과 한숨보다는

미소가 남는 게 더 아름답지 않을까요?

다행히 우리에게 주어진 축복이 있다면

이 순간 울 것인가, 웃을 것인가는 나의 선택이라는 것.

이것이 인간으로서 삶을 지탱하는

가장 존귀한 의지일 것입니다.

행복과 불행은
누구의 선택인가요

한 소녀가 있었습니다. 밝고 재기발랄하며, 적당히 시기심도 있고 자존심도 강한 그런 소녀였죠. 사회에 첫발을 내딛고 남들이 부러워할 만한 직장을 얻었습니다. 꿈이 있고 목표가 있고 열정이 넘쳤죠. 옆에는 사랑하는 사람도 있고요. 인생이 그렇게 평탄하게만 흘러갈 줄 알았습니다.

그런데 점점 일이 꼬여갑니다. 밝게만 느껴졌던 앞날에 먹구름이 몰려옵니다. 인생의 목표가 뒤틀리기 시작합니다. 자꾸 세상을 탓하고 자신을 탓하며 몸과 마음이 지쳐갑니다.

사랑하던 남자도 떠났습니다. 죽고 싶을 만큼 힘들고 괴로운데 어디에도 의지할 곳이 없습니다. 그것은 공포입니다. 모든 것이 덧없고 공허합니다.

늦은 저녁 집을 나와 하염없이 거리를 배회합니다. 그러다 문득 무언가에 홀린 듯이 높은 건물 옥상에 올라갑니다. 툭! 허공에 몸을 던집니다. 왜 그런 선택을 했는지 자기도 납득하지 못한 채.

다행히 행인에게 발견되어 급히 병원으로 옮겨졌고, 긴급 수술을 받고서 가까스로 목숨을 건집니다.

그러나 대가는 참혹합니다. 다리는 완전히 박살이 났고 한쪽 팔도 온전치 못합니다. 거듭되는 수술과 재활 치료에 영혼마저 탈진합니다. 밤낮없이 엄습해오는 통증을 견디려고 독한 진통제를 삼키다 보니 낯빛은 늘 침울합니다.

정신과 의사의 권유로 여러 종교인을 만나봅니다. 그녀는 짧고 굵은, 단 하나의 질문을 토해냅니다.

"왜 저는 이런 고통을 당해야 하나요?"

그녀는 스스로 던진 질문에 오열합니다. 그러나 누구에게서도 만족스러운 답을 얻지 못합니다.

지칠 대로 지친 몇 년간의 재활 치료를 마치고 다시 세상에 서야 할 순간이 왔습니다. 그녀는 누구에게서도 얻지 못했던

'문제'의 답을 찾기 위해 수많은 책을 읽고 끊임없이 고민하고 한결같은 질문을 던집니다. 그리고 마침내 자기 앞에 놓인 여러 선택지 중에서 '마음수행'을 선택합니다.

의족으로 겨우 버티는 다리와 불편한 한쪽 팔로 그녀는 절하는 법부터 배웁니다. 휘청거리는 몸으로 온 힘을 다해 매일 절을 합니다. 그리고 명상을 배웁니다. 마음에 일어나 사라지는 감정의 찌꺼기를 있는 그대로 바라봅니다.

힘겨운 나날이 계속됩니다. 너무 힘들어서 몇 번이나 눈물을 쏟아냅니다. 하지만 수행을 멈추지 않습니다. 매일 절을 하고, 매일 명상을 반복합니다.

산에는 꽃이 피고 계곡에는 물이 흐릅니다.

시간이 흐른 어느 날, 문득 이런 생각이 떠오릅니다.

'어쩌면 내가 겪는 고통은 내 인생을 망가뜨리는 저주가 아니라 나를 더 성장시키기 위한 깨달음의 과정이 아닐까?'

그 순간 마음속에서 처음으로 기쁨과 감사함이 차오릅니다. 그 감정은 희망의 에너지가 되어 출렁입니다.

그녀는 더 이상 수행이 괴롭지 않습니다. 더 이상 자신이 믿지 않습니다. 자신을 괴롭히던 부정적인 감정의 찌꺼기가 희미해져 가는 것을 느낍니다. 내면에 가라앉아 있던 긍정의 힘이 솟구치는 것을 선명하게 느낍니다. 그녀는 결심합니다.

'미약한 힘이지만 최선을 다해서 누군가에게 도움과 희망을 줄 수 있는 사람이 되리라.'

그녀가 저를 찾아와 해맑은 미소를 띠고 이런 말을 건넵니다.

"스님, 이제 더 이상 괴롭지 않아요. 왜 내가 이런 고통을 당해야 했는지 더 이상 중요하지 않아요. 제 인생에서 지금이 가장 행복해요. 이제 확실히 알겠어요. 행복과 불행은 지금 이 순간 나의 선택이라는 걸요. 저는 지금 이 순간 행복을 선택했어요."

젊은 나이에 끔찍한 고통을 견뎌야 했던 그녀는 너무도 멋지고 아름답게 그것을 깨달음으로 감싸 안았습니다. 그녀를 찬탄합니다. 그녀의 말이 아직도 귓가에 또렷합니다.

"행복과 불행은 지금 이 순간 나의 선택입니다."

신이 만든
최고의 보석

인생은 큰 바다를 항해하는 배와 같습니다. 순풍이 불지, 먹구름이 몰려올지, 혹은 태풍이 닥칠지 종잡을 수가 없습니다. 한 치 앞도 알 수 없는 것이 인생입니다.

지금 세상에 거대한 먹구름이 덮였습니다. 큰 비바람이 오랫동안 불어닥쳤습니다. 거친 태풍은 아직도 가라앉지 않았습니다. 신종 바이러스, 코로나19가 세상을 뒤흔들고 있습니다.

처음에 코로나19가 정체를 드러냈을 때, 낳은 사람들이 금방 스쳐갈 찬바람 정도로 여겼습니다. 앞서 경험했던 '사스'와 '메르스'같이 조금만 조심하고 방역에 힘쓰면 몇 개월 안에 사라질 줄 알았습니다. 하지만 억세도록 질긴 코로나19는 맹위를 떨치며 많은 사람들에게 아픔을 주었습니다. 갑자기 튀어나온 바이러스가 이토록 온 세계를 난도질할 줄 누가 알았을까요?

코로나19로 인해 자주 회자되는 역사적 사건이 있습니다. 중세 유럽을 휩쓸었던 흑사병과 20세기 초반 많은 인명을 앗아간 스페인 독감의 대유행이 그것입니다. 흑사병과 스페인 독감은 온 세계 수천만 명의 목숨을 앗아갔습니다. 누군가는 죽음의 신이 날개를 펼치고 세상 구석구석을 헤집고 다녔다고 표현합니다. 질병이 불러온 공포와 광기 앞에 무력해진 인간의 절규가 역사 기록에 고스란히 남아 있습니다.

지금 코로나19도 심각하고 유감스러운 상황이지만, 의료 기술이 부족했던 옛날에 비하면 그나마 낫지 않냐고 애써 위로해봅니다. 하지만 지금 힘들고 괴로운 이 상황 자체가 우리에겐 뼈저리게 아픈 현실입니다. 고통받고 있는 분들에게 무슨 말이 위로가 될지 저도 그저 먹먹합니다.

솔직히 말해 저도 코로나19로 뜻하지 않은 피해를 겪었습니다. 답답하고 아쉬운 마음이 컸지만 전 이렇게 생각했습니다.

'아마도 내 것이 아닌가 보다. 이 고개를 넘어가면 또 다른 기회가 오겠지. 태풍이 지나가면 밝은 해가 뜨겠지.'

제가 참 재미있게 들은 전설이 있습니다. 아프리카 어느 부족에게 전해오는 이야기로 여러분에게 들려드릴까 합니다.

태초에 창조신이 있었습니다. 창조신에게는 동생이 있었는데 안타깝게도 그는 불행의 신이었습니다.

창조신은 세상을 만들고 인간을 만들고 인간에게 문명을 가르쳤습니다. 너무 많은 힘을 쏟아붓고 지친 창조신은 휴식이 필요했습니다. 그런데 한 가지 고민이 있었습니다. 자기가 깊은 수면에 들어가면 동생인 불행의 신이 인간을 괴롭히고 세상을 혼란에 빠뜨릴까 봐 걱정스러웠습니다.

그래서 창조신은 자기가 없는 동안에도 인간들을 지켜줄 방법을 찾았습니다. 고민하고 고민한 끝에 창조신은 특별한 힘을 가진 보석을 만들었습니다. 그 보석을 인간들에게 보여주면서 당부했습니다.

"내가 깊은 휴식에 들었을 때, 불행의 신이 너희를 괴롭히더라도 이 보석을 꼭 쥐고 있으면 절대 너희를 무너뜨리지 못할 것이다. 이것을 꼭 소중히 지니거라.”

창조신은 보석을 녹여 인간의 심장에 골고루 넣어주고 깊은 잠에 빠졌습니다.

창조신이 사라지자 불행의 신이 세상을 망가뜨리기 위해 악의 손길을 뻗쳤습니다. 하지만 불행의 신은 결코 인간을 무너뜨리지 못했습니다. 인간은 자신들의 심장에 있는 창조신의 보석에 이름을 붙였습니다. 그 이름은 바로 ‘희망’입니다.

이 이야기를 전해준 아프리카 부족은 말합니다.

“지금 창조신이 잠시 잠들었다. 불행의 신이 마음대로 돌아다니기 때문에 세상이 혼란스러워 보인다. 하지만 인간은 결코 불행에 패배하지 않는다. 우리의 심장에는 ‘희망’이 있기 때문이다.”

‘희망’의 에너지가 여러분을
인내와 긍정과 용기의 길로 이끌어주길
두 손 모아 기도합니다.

마음을
다스리는 기술

스트레스를 흔히 '소리 없는 살인자'라 표현합니다. 무시무시한 비유다 싶지만, 스트레스로 인한 발병 사례들을 접하다 보면 그 표현이 결코 지나치다고 할 수는 없을 것 같습니다.

바쁜 현대인에게 스트레스는 큰 골칫거리 중 하나입니다. 어느 의사는 오랜 연구 결과를 바탕으로 현대인의 고질병 중 70퍼센트는 스트레스를 조절하는 것만으로도 완치가 가능하다고 말합니다.

소화가 안 된다며 병원을 찾는 사람들을 진단해보면 대부분 신경성 위장병이라고 합니다. 문제는 신경성 위장병의 가장 큰 원인이 스트레스라는 거죠. 속병을 앓던 환자가 시골에 내려가 자연을 벗 삼아 지내다 보니 병이 사라지더라는 이야기를 주변에서 종종 듣습니다.

스트레스는 라틴어 '스트릭투스strictus' '스트링제레stringere'에서 유래된 단어입니다. 무언가를 '팽팽하게 잡아당긴다'는 의미로, 14세기에 이르러 '스트레스stress'라는 용어가 사용되기 시작했습니다. 당시에는 고뇌, 억압, 곤란, 역경 등을 가리키는 단어였다고 합니다.

사실 스트레스는 인류의 진화에 지대한 영향을 끼친 긍정적인 생존 능력이었습니다. 주변의 위험으로부터 인간을 지켜주는 강력한 생존 신호였던 거죠. 그러나 지나치면 모자람만 못하다는 말이 있습니다. 적당한 스트레스는 일상에 양념이 될 수 있지만 과도한 스트레스는 심신을 피폐하게 만듭니다. 마치 매운 음식이 입맛을 돌게 하지만 지나치면 위장을 망치듯이 말입니다.

스트레스의 주된 증세는 '긴장'입니다. 지금은 원시시대와 같은 위협적인 환경이 사라졌음에도 인간에게는 긴장이라는 신체적 반응이 여전히 남아 있습니다. 한때는 생존에 도움이 되었던 것이 이제는 생존을 위협하는 현상이 되어버린 거죠.

과도한 긴장, 지속적인 긴장은 몸과 마음의 건강을 무너뜨립니다. 다행히 우리에게는 자체적으로 긴장을 녹여낼 수 있는 기술이 있습니다. 긴장의 소멸이란 결국 스트레스의 해소를 뜻합니다.

이 기술은 딱히 어렵지 않습니다. 아니, 오히려 너무 쉬워서 처음 접하는 사람들은 의심할 정도입니다. 그러나 그 효과는 참으로 놀랍습니다. 누구나 쉽게 배울 수 있고, 반드시 효과를 볼 수 있습니다. 단, 이 기술을 배우고자 하는 사람에게 필요한 것이 있다면 그것은 '꾸준함'입니다. 무사가 칼을 가는 심정으로 이 기술을 꾸준히 갈고닦으면 누구나 마음의 고통을 단번에 자르는 강력한 무기를 얻게 될 것입니다.

이 기술은 마음을 다스리는 기술입니다. 요새는 흔히 '명상'이라고도 합니다. 뭐라고 부르든 이름이 중요한 것은 아닙니다. 실천이 중요하고 체험이 중요합니다. 과학적으로 효과가 증명된 이 기술은 스트레스에 노출된 현내인들에게 훌륭한 묘약이 되어줄 것입니다. 물론 꾸준히 하는 사람들에 한해서 말이죠.

우리는 하루에 몇 번씩 이를 닦고 세수를 합니다. 그런데 정작 내 몸을 부리는 마음은 제대로 돌보지 않습니다. 몸에 묻은 때는 씻으면 됩니다. 그런데 마음에 묻은 때는 어떻게 씻을까요? 마음에 남은 상처는 어떻게 치유할까요? 생각에 뿌리박힌 부정적인 에너지는 어떻게 몰아낼까요? 일상에서 찾아오는 스트레스를 해소하는 가장 좋은 방법은 무엇일까요?

'땅에서 넘어진 자, 땅을 딛고 일어나라'는 말이 있습니다.
'마음을 다친 자, 마음을 딛고 일어나야' 합니다.

마음을 다스리는 기술은 어렵지 않습니다.
고요히 앉아 호흡하며 몸과 마음을 그저 바라보세요.
잠시 마음을 바라보며 놓아버릴 수 있을 때,
당신은 진정 자유로워질 것입니다.

당신의 마음은 무한합니다.

[호흡 명상]
생각의 파도 다스리기

어느 심리학자가 말하길, 사람이 하루에 일으키는 생각의 대부분은 굳이 생각하지 않아도 되는 것들이라고 합니다. 사람은 생각을 일으키고 그 생각에 휩쓸립니다. 생각의 파도는 도무지 종잡을 수 없습니다. 생각의 주인은 분명히 '나'인데 오히려 생각에 '내'가 사로잡힙니다. 만약 생각의 파도를 다스리는 방법을 체득한다면 삶이 한결 평온해질 것입니다. 이제, 먼 과거로부터 전해 내려온 놀라운 기술을 가르쳐드리겠습니다.

옛날 위대한 명상 수행자들은 호흡을 통해서 생각과 감정을 다스릴 수 있다는 것을 발견했습니다. 그리고 오랫동안 축적된 경험으로 확실한 효과가 있음을 증명했습니다. 호흡으로 생각을 다스리는 수많은 방법 가운데 '수식관數息觀'을 소개하겠습니다. 한글로 풀어보면 '호흡에 숫자를 붙여서 헤아리는 명상법' 정도가 되겠습니다. 가장 보편적이고 기초적인 명상법이면서 아주 중요한 핵심을 담고 있습니다.

이 명상을 하면 마음이 편안해지고, 스트레스가 해소되고, 불안장애와 같은 병증에 효과가 아주 좋습니다. 그리고 학생들은 집중력이 향상되어 학업 성취에 도움이 됩니다. 무슨 만병통치약 같지만 제 경험상 확실하게 말씀드립니다. 분명히 탁월한 효과가 있습니다. 그러면 지금 시작해보겠습니다.

일단, 편안히 앉습니다.
스님들처럼 가부좌를 해도 됩니다만,
여러분은 초보자일 테니 그냥 의자에 앉기를 권합니다.
어떤 자세로 앉든지 중요한 것은 오직 하나,
등을 반듯하게 펴는 것입니다.

어깨 힘을 완전히 빼고 고개를 살며시 듭니다.
입은 다물되 절대 이를 악물지 않습니다.
그리고 입천장에 혀끝을 툭 붙이면 됩니다.
처음에는 어색할 수 있지만,
이것은 에너지의 순환과 관계가 있다고 합니다.

자, 지금부터 본격적인 명상에 들어갑니다.
명상을 잘하겠다는 생각을 놓아버립니다.

그것도 망상입니다.

그냥 편안하게 숨을 들이쉬고 내쉬면 됩니다.

어디에 집중하겠다는 마음도 내려놓습니다.

숨을 들이쉬고 내쉴 때 '하나'라고 숫자를 붙입니다.

또 숨을 들이쉬고 내쉴 때 '둘' 하고 숫자를 붙입니다.

다시 숨을 들이쉬고 내쉴 때 '셋' 하고 숫자를 붙입니다.

이런 식으로 '하나'부터 '열'까지 숫자를 붙입니다.

'열'까지 가면 다시 '하나'부터 시작합니다.

자신의 호흡에 숫자를 붙이고 관찰하는 명상법입니다.

너무 쉽다고요?

한번 해보세요. 전혀 쉽지 않습니다.

호흡이 편안하지 않고 숨이 막힌다는 분도 있습니다.

기혈의 흐름이 막혔다는 증거입니다.

중간에 자꾸 숫자를 잊어버린다는 분도 있습니다.

평소에 집중력이 약하다는 증거입니다.

몇 분만 지나면 온몸이 꼬인다는 분도 있습니다.

평소에 정서가 안정되지 않은 분들입니다.

하지만 걱정할 것 없습니다.

'수식관 호흡 명상'을 매일 꾸준히 한다면

몸과 마음에 점점 고요함이 찾아올 것입니다.

수식관을 하다 보면 중간중간 온갖 생각이 떠오릅니다.

괜찮습니다. 그게 정상입니다.

그냥 무시하고 호흡과 숫자에만 집중하세요.

호흡과 숫자를 놓쳤다면 다시 '하나'부터 시작합니다.

편안하게 휴식한다는 마음으로 그냥 할 뿐입니다.

호흡은 점점 고요해지고 마음은 점점 편안해질 것입니다.

수식관을 하려면 너무 배부르거나 배고플 때는 피하세요.

되도록 환기가 잘 되는 곳에서 하는 게 좋습니다.

시간은 5분도 좋고 10분도 좋습니다.

20분 이상이면 아주 적절합니다.

매일 20분만 투자하면 몇 개월 뒤 당신은

생각의 파도에서 '제법 자유로운' 존재가 될 것입니다.

꼭 성공하시길 바랍니다.

3장

가시를 거두세요

가시를 세운 여린 영혼의 꽃송이들이여,

괜찮아요. 괜찮아요.

잠시 가시를 거두어도 당신은 안전해요.

자신을 안아주세요.

못된 사람을
상대하는 법

먼 옛날 인도의 위대한 스승이 제자들과 순례를 떠나게 되었습니다. 오랜 여행에 필요한 짐을 맡아줄 짐꾼도 구했습니다. 그런데 짐꾼이 너무 무례하고 버릇이 없었습니다. 성질도 고약한 데다 화가 나면 말을 함부로 내뱉었습니다.

순례가 길어지면서 제자들의 인내심이 바닥을 드러냈습니다. 도저히 참을 수 없을 지경이 되자 제자들이 하소연했습니다.

"스승님, 저 짐꾼을 쫓아버리십시오. 훌륭한 짐꾼은 얼마든지 많습니다. 왜 저 무례한 사람을 그냥 두시는 겁니까?"

스승은 미소 지으며 대답했습니다.

"저 짐꾼이 아니면 누가 나에게 인욕忍辱을 가르쳐주겠는가? 제자들이여, 난 저 짐꾼에게 인욕이라는 수업을 받고 있다네."

숙연해진 제자들을 향해 스승이 웃으며 말했습니다.

"우리는 지금 성지를 순례하고 있다네. 만약 참을 수 없는 것을 참고 용서할 수 없는 것을 용서한다면 바로 그 자리가 성지가 될 것이라네."

우리는 인생이란 길 위에서 수많은 사람을 만납니다.
그중에는 좋은 인연도 있지만
다시는 마주치고 싶지 않은 인연도 있습니다.
문제는, 그들을 내 뜻대로 선택할 수 없다는 것입니다.

어느 정신과 의사가 말했답니다.
"정말 치료받아야 할 환자는 병원에 오지 않고
그런 사람 때문에 상처받은 사람들이 병원에 온다."

여러분,
싫은 사람이 있다면 그냥 싫다고 말하세요.
미운 사람이 있다면 그냥 만나지 마세요.

별난 사람이 있다면 그냥 적당히 대하세요.

그런데도 도저히 비껴갈 수 없다면 이렇게 생각해보세요.
'아! 그렇구나. 저 사람은
내 마음을 공부시키러 온 선생님이구나.'

혹시 아나요?
여러분도 위대한 성자가 될 수 있을는지.

참고로 비밀을 말씀드리자면,
사실은 저도 실천이 잘 안 된답니다.
쉿!

가시를
거두세요

.

화려한 빛깔과 아름다운 무늬를 가진 꽃이 있습니다. 꽃은
아름다움을 한껏 뽐내며 동물들과 친해지려 하지만 아무도
가까이 오려 하지 않습니다. 먼저 다가가 말을 걸고 싶어도
모두 꽃을 멀리합니다.

슬픔에 빠진 꽃은 지나가는 사슴에게 하소연합니다.

"왜? 왜 나에게 다가오지 않니? 난 너희들과 친구가 되고
싶어!"

사슴이 말했습니다.

"너는 화려하고 예쁜 무늬를 가졌어. 기분 좋은 향기도 나.
그런데 너한테는 뾰족한 가시가 있어. 그래서 아무도 너에게

다가가지 못하는 거야."

　제가 어떤 분을 보고 깜짝 놀란 일이 있습니다. 정확하게
세 번 놀랐습니다. 첫 번째는 아주 똑똑해서 놀랐고, 두 번째
는 또박또박 말을 잘해서 놀랐습니다. 이것은 칭찬입니다. 진
심으로 그분의 장점이지요.

　그런데 세 번째로 왜 놀랐느냐? 너무 부정적이라서 놀랐습
니다. 진짜 놀랐습니다. 볼수록 놀랍더군요. 뭐가 저리도 삐딱
할까!

　궁금했습니다. 무엇이 저 사람을 저리 삐딱하게 만들었을
까? 생각이 부정적이니 말할 때마다 삐죽거립니다. 안타까웠
습니다. 저렇게 똑똑하고 말도 잘하는 사람인데 생각이 참 삐
뚤어졌구나.

　한마디 말을 해도 다른 사람의 마음을 편하게 해주는 사람
이 있습니다. 반면에, 한마디 말이라도 불편하고 기운 빠지게
하는 사람도 있습니다.

　'덕불고德不孤'라는 말이 있지요. 덕이 있는 사람은 외롭지
않습니다. 주변에 항상 좋은 사람들이 모이기 때문입니다. 제
가 깜짝 놀란 그분 주변엔 사람이 별로 없습니다. 늘 외롭고

지친 모습입니다. 늘 날카롭고 신경질 가득한 모습입니다. 무엇이 그분을 날카롭게 만들었을까요?

다시 꽃의 이야기로 돌아가봅니다.

그 후로 꽃은 깊은 침묵에 잠겼습니다. 아주 깊은 명상의 세계에 들어갔습니다. 그리고 마침내 꽃이 눈을 떴을 때, 가지에는 더 이상 뾰족한 가시가 보이지 않았습니다.

이제 가시를 거둔 꽃에게서 배웁니다. 눈을 감고 나를 돌아봅니다. 내 마음에 뾰족뾰족한 가시들을 관찰해봅니다. 이 가시들은 어떻게 돋아난 것일까요?

가시들의 뿌리를 들여다봅니다. 슬픔, 분노, 미움, 고통, 후회……. 수많은 상처와 감정이 스멀스멀 올라옵니다. 그 아픔들이 가시가 되어 나와 남을 찌르고 있었습니다.

오, 맙소사! 사실 그 가시는 내 눈물이 굳어 뾰족해진 얼음송곳이었습니다. 이제 나 자신에게 이렇게 말해주고 싶습니다.

괜찮아, 괜찮아. 이제 괜찮아.

넌 지금 이대로도 충분히 아름다운 꽃이야.

두려워하지 않아도 돼.

슬퍼하지 않아도 돼.

후회하지 않아도 돼.

네 탓이 아니야.

더 이상 상처받지 마.

괜찮아, 괜찮아. 토닥토닥.

가시를 세운 여린 영혼의 꽃송이들이여,

괜찮아요. 괜찮아요.

잠시 가시를 거두어도 당신은 안전해요.

자신을 안아주세요.

토닥토닥.

당신은 지금 이대로 충분히 소중해요.

이제 괜찮아요. 그만 가시를 거두어요.

이제는 행복해요.

이제는 우리 함께 미소 지어요.

꽃은 그렇게 활짝 웃음을 터뜨립니다.

히말라야의
바보 수행자

히말라야 산기슭에 한 수행자가 살았습니다. 수행자는 가끔씩 도시에 내려와 이해할 수 없는 행동을 했습니다. 길가는 사람들에게 추태를 부리다 혼쭐이 나거나, 가게에서 물건을 훔치다 흠씬 두들겨 맞기도 했습니다. 아이들의 과자를 빼앗아 먹다가 온갖 수모를 당하기도 했죠.

하지만 사람들은 수행자를 미워하지 않았습니다. 아무리 두들겨 맞고 욕을 들어도 그는 절대 화내는 법이 없었기 때문입니다. 때때로 어려움에 빠진 사람이 있으면 돕기도 했습니다. 사람들은 그를 이해하지 못했습니다. 그냥 사람 좋은 바보라고 생각했죠.

하루는 여행하던 젊은 학자가 바보 수행자를 만났습니다. 그 어처구니없는 모습에 젊은 학자는 혀를 찼습니다. '세상은 넓고 이상한 놈은 참 많구나' 생각했습니다.

저녁이 되자 젊은 학자는 빈 오두막에 들어가 경전을 외웠습니다. 그때 갑자기 바보 수행자가 불쑥 들어왔습니다. 젊은 학자는 그를 무시하고 경전 외우기를 멈추지 않았습니다.

이윽고 젊은 학자가 경전 외우기를 마치자 바보 수행자가 말을 걸었습니다. 놀랍게도 그는 젊은 학자가 잘못 외운 부분을 하나씩 바로잡아주었습니다. 젊은 학자는 깜짝 놀라 비로소 예의를 갖추고 인사했습니다.

이야기를 나눠본 젊은 학자는 수행자의 학식이 매우 깊다는 것을 알아챘습니다. 그는 진실한 마음으로 물었습니다.

"대화를 나누며 선배님의 깨달음이 아주 깊다는 것을 알았습니다. 그런데 이렇게 견해가 훌륭하신 분이 왜 이상한 행동을 하십니까?"

히말라야의 수행자가 너털웃음을 터뜨리며 말했습니다.

"산에서 혼자 수행하다 보면 모든 번뇌가 사라진 것 같은 착각이 일어납니다. 그래서 가끔 도시에 내려와서 일부러 문제를 일으킵니다. 그러면 사람들에게 맞기도 하고, 입에 담을 수도 없는 욕설을 듣습니다. 그때 제 마음을 살펴봅니다. 사람들에게 맞을 때 내 마음에서 분노가 일어나는가? 욕설을 듣고 무시당할 때 분노가 일어나는가? 만약 분노가 일어난다면 그것은 진정한 번뇌의 소멸이 아니겠죠."

수행자는 젊은 학자를 바라보며 말을 이었습니다.

"사람들에게 두들겨 맞고 모욕을 당한 뒤에는 그들을 위해 기도합니다. 내 수행을 도와준 공덕으로 그들이 행복하기를……. 당신은 젊습니다. 부디 열심히 수행하십시오. 그리고 자기 마음에 속지 마십시오."

말을 마친 히말라야의 수행자는 오두막을 나갔습니다. 깜짝 놀란 젊은 학자가 정신을 차리고 뒤따라 나갔지만 수행자는 이미 멀리 사라진 뒤였습니다.

그래도 사람이
희망입니다

세상에서 가장 약한 것이 무엇일까요?

세상에서 가장 깨지기 쉬운 것이 무엇일까요?

유리? 이슬? 물거품?

여러 가지가 있겠지만 그중 하나가

'사람과 사람의 관계'라고 생각합니다.

관계란 참 조심스럽고 깨지기 쉬운 것입니다.

사람과 사람의 관계를 비유한 명언 중에서

'난로 같다'는 표현을 좋아합니다.

멀리하면 춥고 가까이하면 자칫 데기 쉬우니까요.

'살얼음을 걷는 것' 같다는 표현도 좋아합니다.
너무 힘을 주면 깨져버리니 사람과의 관계도
살얼음을 걷듯이 신중해야 합니다.

세상 누구보다 사랑했던 사람이
원수가 되어 나를 괴롭힙니다.
눈에 넣어도 아프지 않던 자식이
가장 큰 아픔으로 나를 괴롭힙니다.
평생을 같이 갈 줄 알았던 친구가
작은 이익에 돌변합니다.

이처럼 사람의 관계는
살얼음판을 걷는 것보다 조심스럽습니다.
그래도 사람이 희망입니다.
힘들 때 나를 도와주는 것도 사람이고
슬플 때 나를 위로해주는 것도 사람입니다.
사람에게 받은 상처는 사람으로 치유됩니다.

우리는 늘 좋은 사람을 기다립니다.
좋은 사람이 다가와 나를 안아주기를 바랍니다.

그렇게 기다린 만큼 좋은 사람을 만나기도 하고,
때로는 쓰디쓴 만남이 되기도 합니다.

사람에게 마음을 다치면 사람을 피하려고 합니다.
그러나 사람을 피해도 다친 마음이 낫지는 않습니다.
피할수록 외로움과 공허함만 더욱 커질 뿐입니다.
사람을 피해 살 수는 없습니다.
사람 없이 홀로 살 수 있는 존재는 거의 없습니다.
홀로 살아갈 수 없는 세상이기에 사람이 희망입니다.

당신이 먼저 다가가세요.
당신이 먼저 좋은 사람이 되세요.
좋은 사람을 기다리지 말고 먼저 좋은 사람이 되세요.
꽃향기에 나비가 모여들고 벌들이 춤을 춥니다.
당신이 향기로우면 좋은 사람들이 다가옵니다.

사실 사람과의 관계는 참 어렵습니다.
잘하려고 하면 실수하게 되고, 못하면 낭패를 봅니다.
사람의 관계란 그토록 어렵습니다.
하지만 어려워도 풀어야 하는 숙제입니다.

좋은 실타래든 나쁜 실타래든 살면서 풀어야 할 숙제입니다.
힘들고 어렵고 상처받아도 사람을 통해 치유해야 합니다.

사람이 희망이기 때문입니다.

최고의 대화법

　인간관계에서 반드시 지켜야 할 규칙이 있습니다. 그중 하나가 '함부로 충고하지 말라'는 것입니다.

　어떤 문제로 괴로워하는 지인이 있습니다. 술자리를 가지면서 나름대로 내가 아는 선에서 조언합니다. 친구의 조언을 진심으로 고마워하는 사람도 있겠죠. 그런데 어떤 사람들은 간섭이나 잔소리로 여길 수도 있습니다. '난 분명히 피가 되고 살이 되는 이야기를 해줬는데 왜 저렇게 받아들이시?' 하고 서운한 마음이 생깁니다.

심리학자들이 흥미로운 실험을 했습니다. '조언하는 사람'과 '조언을 듣는 사람'의 대화를 장시간 녹화하여 관찰하는 것입니다. 이 실험에서 심리학자들은 의미심장한 결론을 얻습니다.

조언하는 사람은 시간이 갈수록 자꾸 자기 생각을 상대에게 주입하려는 욕구가 발견되었고, 조언을 듣는 사람은 자기 생각을 놓지 않으려는 저항성이 관찰된 것입니다. 조언하는 사람도 조언을 듣는 사람도 서로 다른 곳을 향해 달려가는 거죠.

소통의 전문가들은 말합니다. 어설픈 조언보다는 그저 상대방의 이야기를 귀 기울여 들어주는 것이 낫다고. 진심으로 누군가에게 도움을 주고 싶다면 상대방의 이야기를 경청하라고. 이것이 최고의 조언이라고 말합니다.

명상의 스승들은 대화할 때 자신의 마음을 살피는 것이 아주 중요하다고 이야기합니다. 상대방의 생각을 제대로 이해하고 있는가? 내 생각을 고집하고 있진 않은가? 대화하면서 끊임없이 마음을 살펴보라고 권합니다.

딸을 가진 한 어머니가 있습니다. 예쁘고 사랑스럽던 딸이 사춘기가 되자 마치 전쟁이 난 것 같습니다. 어머니는 중2병에 걸린 딸의 정신 상태를 도저히 이해할 수 없습니다. 고등학생이 되어도 딸은 나아질 기미가 없습니다. 어머니는 딸이 걱정되어 자꾸 잔소리를 합니다. 갈등이 격해지면 답답한 마음에 점집도 다녀보고 부적도 써봅니다. 그래도 전혀 나아지지 않습니다. 화병이 날 것 같은 어머니는 친구의 권유로 명상을 해보기로 마음먹습니다.

처음에는 그저 건강을 위해 시작했습니다. 명상을 하면서 점점 자신의 마음을 들여다봅니다. 바라보고 바라보고 바라봅니다. 문득 마음속에서 딸에 대한 감정의 씨앗을 발견합니다. 곱게 키운 딸의 반항심, 그에 대한 배신감…… 그랬습니다. 딸에게 했던 충고와 조언은 정말 딸을 위해서가 아니라, 자신이 느꼈던 배신감의 표출이었던 것입니다.

어머니는 더 깊이 들어가봅니다. 어린 시절 완고했던 부모님으로부터 받은 상처, 꿈을 이루지 못하고 나이 들어가는 자신의 모습, 딸을 통해 얻고 싶었던 대리만족…… 깊이 숨겨진 자신의 마음을 확인한 어머니는 소리 내어 크게 울었습니다.

그 후로 어머니는 딸을 편안하게 바라보았습니다. 잔소리가 줄어들자 딸은 의아했습니다. 어머니는 딸에게 정말 하고 싶은 것이 무엇인지 물었고, 늘 응원한다는 따뜻한 말을 전했습니다. 딸은 어머니의 진심을 알고 울음을 터뜨렸습니다. 두 사람은 부둥켜안고 한참을 울었습니다.

그 후로도 딸이 계속 속을 썩였다는 훈훈하지 못한 이야기가 전해지지만, 아무려면 어떻습니까.

어머니는 말합니다.

"딸이 건강하고 내 마음이 편안하니 그걸로 충분하다"고.

최고의 대화는 경청입니다.

최고의 충고는 상대의 마음을 이해해주는 것입니다.

관상은 과학이다?

인터넷에서 가끔 이런 댓글을 봅니다.

"관상은 과학이다."

사람을 상대로 오랫동안 장사한 분들은 이런 말을 합니다.

"얼굴 보면 대충 견적이 나온다."

그래서일까요, 선조들이 남긴 명언이 있습니다.

"꼴값한다."

'꼴'이란 생김새를 말합니다. 생긴 대로 논다는 뜻이겠죠.

그런데 진짜 관상은 과학일까요?

얼마 전에 놀라운 실험 결과를 들었습니다.

미국 스탠포드대학교 연구팀이 동성애자를 구별하는 인공지능을 개발했다고 합니다. 1만 4,000여 명의 남녀 사진을 입력하고 인공지능이 분석한 결과, 얼굴 사진만으로 동성애자를 가려낼 확률이 무려 80퍼센트 가까이 된다고 합니다. 놀라운 결과입니다. 하지만 오차가 20퍼센트라는 것을 간과해선 안 됩니다. 제가 관상을 100퍼센트 믿지 않는 이유가 여기에 있습니다.

아무리 관상을 잘 본다 해도 반드시 오차 범위는 있습니다. 단순히 겉모습만으로 판단하다 보면 자칫 그 사람에 대한 편견과 선입관이 생길 수 있습니다. 사람을 대할 때는 신중해야 합니다. 관상의 과학적 근거는 논외로 하더라도, '생긴 모습'의 실제 영향력은 굉장히 중요합니다.

미국의 심리학자가 군대에서 독특한 사실을 발견합니다. 상사가 부하를 평가할 때 잘생기고 용모가 준수한 부하일수록 훨씬 좋은 평가를 한다는 것입니다. 이것을 심리학 용어로 '후광효과'라고 합니다. 후광효과는 우리의 삶에서 알게 모르게 큰 영향력을 발휘합니다.

참가자들을 모아 사람을 평가하는 심리 실험이 있었습니다. 참가자들을 두 그룹으로 나눈 다음, 첫 번째 그룹에는 잘생긴 사람들의 사진이 붙은 이력서를 보여줍니다. 두 번째 그룹에는 평범한 사람들의 사진을 붙여 똑같은 이력서를 보여줍니다. 그런데 똑같은 이력서인데도 잘생긴 사람들이 더 높은 점수를 받았다고 합니다. 이런 이야기를 접할 때 문득 생각해봅니다. 성형수술이라도 해야 하나?

꼭 그럴 필요는 없습니다. 출중한 용모가 아닌 평범한 용모라도 그저 미소 짓는 것만으로도 호감을 불러일으킨다는 다행스러운 연구 결과가 있습니다. 외모는 타고났지만 따뜻한 미소, 편안한 인상은 후천적 노력으로 계발할 수 있습니다. 저같이 밍밍하게 생긴 사람에게는 가슴 따스한 희소식입니다.

참고로, 너무 매력적인 사람을 조심하세요.
장미에는 가시가 있는 법이죠.
늘 밝은 얼굴, 맑은 미소를 연습해보세요.
그게 최고의 관상이랍니다.

나는 로맨스
너는 불륜

사람은 자기 자신에게 관대하고 남에게는 가혹한 면이 있습니다.

어떤 일을 진행하다가 차질이 생길 때, 자신의 잘못은 실수로 여기고 타인의 잘못은 그 사람의 능력 부족이라 말합니다. 사람마다 정도의 차이는 있지만 대개 자신에게는 너그럽고 남에게는 엄격합니다.

누군가 바람을 피웠다고 합시다. 당장 그 사람을 비난합니다. 어쩌다 내가 바람을 피웁니다. 그땐 피할 수 없는 운명적 사랑이라며 열변을 토합니다. 이것이 '이중 잣대'입니다. 사람의 마음속에는 상황에 따라 기준이 변하는 기괴한 잣대가 있습니다.

어떤 문제가 생겼을 때 원인을 분석하고 답을 도출해서 스스로 납득하려는 정신 작용을 전문용어로 '귀인歸因'이라고 합니다. 사람의 정신 작용은 불완전하거나 모순되는 부분이 참 많습니다. 어떤 문제가 생겼을 때 그 원인을 해석하는 과정에서 정확하지 않은 추측과 가설로 잘못된 답을 내립니다. 잘못된 답을 정답이라 착각하면서 앞뒤 상황을 무시하고 모호한 기준으로 남을 몰아가는 오류를 저지릅니다.

이와 관련된 유명한 실험이 있습니다.

실험에 참가한 남성들을 두 그룹으로 나눕니다. 1번 그룹은 낮고 튼튼한 다리를 건너게 하고, 2번 그룹은 높고 아찔한 출렁다리를 건너게 합니다. 두 그룹의 남자들이 다리를 건넌 직후에 평범한 외모의 젊은 여성이 그들에게 다가가 설문조사를 합니다. 그리고 나중에 연락을 달라며 남자들에게 전화번호를 가르쳐줍니다.

그 결과, 1번 그룹보다 2번 그룹의 남자들이 훨씬 더 많이 여성에게 연락합니다. 그 이유를 물어보니 여성이 매력적이

어서 연락했다고 대답합니다. 여기에 놀라운 반전이 있습니다. 아찔한 출렁다리를 건너느라 심박수가 쿵쾅쿵쾅 빨라진 것인데, 젊은 여성에게 끌려서 그런 거라고 착각한 것입니다.

때때로 이런 생각을 해봅니다.
'과연 세상에 일어나는 수많은 일들 가운데 오직 진실만을 보는 경우가 몇이나 될까?'

인간은 스스로 어떤 결정을 내릴 때 자신이 주체적으로 결정한 것이라고 믿지만, 사실 대부분이 상황이란 요인에 휩쓸린 결과라고 합니다. 이렇게 불완전한 판단 속에서 살아가는 우리는 끊임없이 '나'를 기준으로 '상황'에 떠밀려 '변하는 잣대'로 '남'을 바라보고 있습니다. 이것이 인간관계에서 오해와 시비와 분별과 다툼을 부릅니다.

저 사람은 왜 그랬을까?
어제 남편이 왜 그랬을까?
오늘 아내가 왜 그랬을까?
저들은 왜 그런 거지?

성급하게 판단하지 않고 조금 유연한 시선으로
앞뒤 맥락을 살펴보면 어떨까요?
상대방이 처한 상황과 그의 의도를
이해하려 노력한다면, 인간관계가 조금은
더 좋아지지 않을까 생각해봅니다.

당신을
용서합니다

1950년 중국이 티베트를 침공하자 달라이 라마는 몇 년 후 인도로 망명합니다. 그사이 티베트의 수많은 사찰이 파괴되고 수많은 사람이 목숨을 잃습니다. 중국 당국에 저항하던 사람들은 수용소에 갇히게 됩니다. 그중 어떤 스님은 18년간이나 수용소에서 끔찍한 나날을 보내야 했습니다. 이 스님은 온갖 고문을 받으면서도 결코 고개를 숙이지 않았습니다.

고통받던 스님은 가까스로 감옥을 빠져나와 히말라야산맥을 넘어 달라이 라마가 있는 인도로 향합니다. 그리고 마침내 달라이 라마를 만났을 때, 스님은 참아왔던 눈물을 흘립니다.

달라이 라마가 스님의 손을 붙잡고 물었습니다.

"모진 고통을 당하면서 괴롭지 않았습니까?"

그러자 스님은 이렇게 대답했다고 합니다.

"중국인들을 미워하게 될까 봐, 중국인들에 대한 자비심을 잃을까 봐, 그것이 가장 두려웠습니다."

이 이야기를 듣고 잠시 정신이 멍했던 기억이 납니다. 지금도 이 이야기를 들을 때마다 가슴이 울렁거립니다. 제가 가장 좋아하는 이야기 중 하나입니다.

'아, 한 사람의 마음이 이렇게까지 거룩해질 수가 있구나.'

글로만 읽었던 자비심의 불빛이 선명하고도 생생하게 드러난 듯한 희열을 느꼈습니다.

오래전에 제가 겪었던 일입니다.

출가하고 얼마 되지 않았던 20대 초반이었습니다. 이상한 사람을 만나서 한동안 함께 지낸 적이 있습니다. 상식을 벗어난 그 사람의 괴팍한 행동에 몹시도 마음이 상했습니다. 주변을 맴돌며 사람 속을 긁는 바람에 미운 감정이 올라왔습니다. 지금 같으면 그러려니 하고 넉살 좋게 넘겼을 텐데 그 당시는 어렸던 데다 마음의 여유도 없었습니다.

미운 사람을 자꾸 보니 속에서 열불이 났습니다. 생각 같아서는 몇 대 쥐어박고 싶은데 그때나 지금이나 심성이 연약해서 누굴 때리지는 못합니다. 답답해하던 중에 오랫동안 참선 수행하신 선배 스님과 차를 마시게 되었습니다. 이런저런 대화를 나누다 갑갑한 심정을 토로했습니다. 한참을 듣고 있던 스님이 미소를 지으며 말씀해주셨죠.

"광우 스님, 이런 말이 있습니다. 도저히 용서하지 못할 것 같은 사람을 용서하는 그 순간에 비로소 진정한 수행이 이루어진다. 그 사람을 보면서 내 공부를 도와주러 온 스승이구나 생각해보세요. 마음이 한결 편안해질 겁니다."

그 후에 정말 그런 생각으로 그 사람을 대하자 마음이 편안해지는 것을 느꼈습니다.

친구들을 괴롭히고 못된 짓을 일삼는 아이가 있었습니다. 점점 커가면서 성격은 더욱 거칠어졌습니다. 막 성인이 되었을 때는 범죄를 저질러 감옥에 들어갑니다. 수감 생활을 마지고도 몇 번이나 범죄를 저질렀는데 대부분 폭력이었습니다. 특히 화를 참지 못했습니다. 세월이 흐르면서 청년은 더 이상

이렇게 살면 안 되겠다고 생각했습니다. 용기를 내어 주변의 도움을 받아 심리 치료를 받았습니다.

청년은 몹시도 괴로운 어린 시절을 보냈습니다. 그의 아버지는 술을 마시고 들어오면 어머니를 때렸습니다. 술에 취하지 않았을 때도 늘 화를 냈습니다. 어린 아들의 마음에 두려움이 싹트기 시작했습니다. 두려움은 스스로를 보호하기 위해 변이를 일으켰습니다. 폭력으로 변질해간 것입니다.

그가 가진 폭력 성향은 사실 공포심과 두려움의 몸부림이었습니다. 아버지가 무서웠고 매 맞는 것이 두려웠습니다. 흐느끼는 어머니가 불쌍했고, 겁에 질린 누나와 동생을 지켜주지 못해서 미안했습니다. 가족의 울음소리를 들으며 아이는 점점 성격이 변해갔습니다.

청년이 된 아이는 고백합니다. 아버지가 너무 싫다고. 자신도 아버지처럼 살게 될까 봐 너무 무섭다고. 하지만 점점 아버지를 닮아가고 있는 자신의 모습이 혐오스럽습니다.

어느 날입니다. 한밤중에 목이 말라 비틀비틀 냉장고를 열고 물을 마십니다. 찡그린 얼굴로 화장실에 가서 소변을 봅니다. 그때 거울에 비친 자신의 모습을 목격합니다. 지난날 가족을 그토록 괴롭히던 아버지의 일그러진 얼굴이 거기에 있습니다. 바로 자신의 얼굴입니다. 청년은 슬픔 속에서 결심합니다. 더 이상 이렇게 살아선 안 된다고.

청년은 이제 어떻게 해야 할까요? 아버지의 그늘을 극복할 수 있는 최선의 처방은 무엇일까요?

답은 '용서'입니다. 용서를 위한 용서가 아닙니다. 자기 자신의 행복을 위한 첫걸음입니다. 청년은 이제 아버지를 놓아주어야 합니다. 아버지를 용서할 때 어두운 방에서 흐느끼던 작은 아이를 보듬어줄 수 있습니다. 아버지를 만나서 이야기해야 합니다.

"난 당신을 용서합니다. 당신이 내 용서를 받든 안 받든 상관없습니다. 내 마음에서 당신을 용서하고 이제 떠나보냅니다."

누군가 당신을 힘들게 했다면 그에게 말하세요.
"나의 행복과 마음의 평온을 위해서 당신을 용서합니다. 진심으로 당신을 용서하고 미움을 놓아버리겠습니다. 난 이제 자유로워지겠습니다."

상대를 용서했다면 이제 자신에게 돌아오세요. 그동안 힘들었을 마음속 작은 아이에게 말해주세요.

"괜찮아. 네 탓이 아니야."

다시 한번 속삭여주세요.

"괜찮아. 네 잘못이 아니야. 괜찮아. 이제 괜찮아."

당신은 용서할 자격이 있는 사람입니다.

당신은 행복할 자격이 있는 사람입니다.

당신에겐 행복해질 능력이 있습니다.

그대를 용서합니다.

나는 괜찮습니다.

난 이제 행복하게 살 것입니다.

난 행복합니다.

말은
공허합니다

한여름 밤 해변에서 칵테일파티가 열립니다. 청춘남녀가 노래 부르고 춤추며 웃음소리가 난무합니다. 밴드가 연주하는 음악까지 뒤섞여 바로 옆에서 비명을 지르며 쓰러져도 모를 지경입니다.

그런데 신기합니다. 그 광란의 소음 속에서도 손님을 접대하는 웨이터들은 귀신같이 주문을 받습니다. 그리고 또 신기합니다. 귀를 때리는 온갖 잡음 속에서도 사랑하는 연인의 목소리는 또렷하게 늘립니다. 이러한 현상을 '칵테일파티 효과'라고 부릅니다. 수많은 소리가 난무하는 가운데서도 자신에게 의미 있는 정보에 집중하는 현상입니다.

1950년대 영국 런던대학교의 콜린 체리Colin Cherry 교수는 독특한 실험을 기획합니다. 여러 사람의 말소리 속에서 자신이 원하는 대화에 어떻게 집중할 수 있는가 하는 실험입니다. 교수는 실험에 참가한 사람들에게 헤드폰을 나눠줍니다. 그리고 양쪽 귀에 서로 다른 이야기를 같은 목소리로 들려줍니다.

실험 결과, 참가자들은 관심 없는 이야기에는 집중하지 못했고 무슨 내용인지 제대로 인지하지 못했습니다. 반면에 관심 있는 이야기는 내용을 또렷하게 기억했습니다. 동시에 서로 다른 이야기를 듣는 순간에도 대화 내용을 명확하게 구별한 것입니다. 이 실험은 '선택적으로 소리를 판별'하는 우리의 청각 능력이 객관적이기보다는 주관적 판단이 우선한다는 것을 보여줍니다.

사람의 말이란 상당히 모호할 때가 있습니다. 똑같은 말이라도 상황과 뉘앙스 차이만으로 칭찬이 될 수도 있고, 비아냥이 될 수도 있습니다. 예를 들어, "너 참 잘한다"라는 말이 때로 칭찬으로 들릴 수도 있고, 우회적인 비꼬기가 될 수도 있는 것처럼.

그래서 종종 당혹스러울 때가 있습니다. 나는 별 의미 없이 말했는데 상대가 예민하게 받아들이는 경우입니다. "개그로 말했는데 다큐로 받냐"는 표현이 나옵니다.

　　말로 오해가 생겼다면 먼저 말을 꺼낸 사람의 화법이 문제인 경우가 있습니다. 똑같은 말인데도 유독 밉게 말하는 사람이 분명 있긴 합니다. 그리고 듣는 사람이 열등감이나 자격지심에서 오해하는 경우도 있습니다.

　　마음이 여리거나 깊은 상처가 있는 사람은 유독 어떤 부분에 대해서 예민한 반응을 보입니다. 타인의 무의식적인 행동에도 혼자서 괴로워합니다. 별 뜻 없이 던진 말인데 자신을 비난한다고 착각하기도 합니다.

　　세상에는 수많은 말이 흘러가고 있습니다.
　　말 때문에 웃고 말 때문에 울기도 합니다.
　　말 때문에 살고 말 때문에 죽기도 합니다.

　　말은 사실 공허합니다.
　　내가 더 이상 신경 쓰지 않는다면
　　말은 언젠가 힘을 잃게 됩니다.
　　내가 더 이상 관심 두지 않는다면
　　말은 결국 힘을 놓게 됩니다.

말에 휩쓸리지
않으려면

먼 옛날 어느 왕이 있었습니다. 백성들을 위해 나라를 잘 다스렸지만 주변에서 자신을 비난하는 소리가 자꾸 거슬렸습니다. 서운하고 억울했던 왕은 어느새 마음의 병이 생겼습니다.

어느 날 왕은 아주 지혜로운 현자가 있다는 소식을 들었습니다. 당장 그를 만나 답답한 마음을 터놓고 싶었습니다. 그래서 신하를 몇 명만 데리고 몰래 현자가 사는 마을로 향했습니다.

현자의 집이 가까워질 즈음, 어디선가 심한 욕설이 들려왔습니다. 멀리서 지켜보니 웬 여인이 입에 담을 수도 없는 욕지거리를 노인에게 퍼붓고 있었습니다. 차마 듣고 있기도 민망한 말이었습니다.

이윽고 욕설을 퍼붓던 여인이 씩씩거리며 집 밖으로 나왔습니다. 그때 신하가 말했습니다.

"폐하, 모욕을 받고 있던 저 노인이 지혜롭다고 소문난 그 현자입니다."

왕은 믿기지 않는다는 표정으로 노인에게 다가가 물었습니다.

"여보시오. 그 여인이 누구기에 그토록 심한 욕을 퍼붓는 겁니까?"

노인이 대답했습니다.

"별일 아닙니다. 제 마누라인데 가끔 저러지요."

왕이 깜짝 놀라서 물었습니다.

"아니, 그런 욕을 듣고도 어찌 그리 태연할 수 있단 말입니까?"

"아, 그게 저한테 한 욕이었습니까? 제가 관심이 없어서요."

그 말에 왕은 큰 충격을 받고 깨달음을 얻었습니다.

궁으로 돌아온 왕은 그 뒤로 자신을 비난하는 말들을 더 이상 마음에 담아두지 않고 좋은 정치를 하려고 더욱 노력했다고 합니다.

사람의 귀가 둘인 이유가 있다고 합니다.
나쁜 말은 한 귀로 듣고 한 귀로 흘리라는 뜻이라죠.

좋은 말은 담아두고 나쁜 말은 흘려버리세요.
다행히 우리에겐 필요한 말에만
집중하는 능력이 있다고 하잖아요.
항상 좋은 말을 하고 유익한 말에 집중하세요.

말에 휩쓸리지 않고 말을 굴리는 존재가 된다면
삶이 한 뼘은 가벼워질 것입니다.

분노는 자신을
태웁니다

분노를 '화'라고 합니다.

화는 불 '화火' 자와 발음이 같습니다.

분노는 바로 불입니다.

분노는 나 자신과 타인을 활활 불태웁니다.

　미국 듀크대학의 레드포드 윌리엄스Redford Williams 교수는
분노에 대해 오랫동안 연구했습니다. 그가 진행한 '분노 측정'
연구에 따르면, 분노의 수준이 높은 사람들은 50세 이후에 사
망할 확률이 다른 사람들에 비해 무려 7배나 높았다고 합니
다. 다른 방식으로 조사했을 때도 이와 유사한 결과가 나왔습

니다. 이로써 분노가 개인의 삶에 치명적이고 부정적인 영향을 미친다는 사실이 널리 알려졌습니다.

윌리엄스 교수의 보고에 따르면, 평소에 화를 잘 내는 사람들은 심장병 등 치명적인 질병이 발생할 확률이 높다고 합니다. 이미 심장 질환이 있는 사람은 분노 수치가 높을수록 단명할 확률이 상당히 높다는 연구 결과도 있습니다. 화를 내면 당장 스트레스가 풀린다고 생각하지만, 오히려 건강을 위협하는 불길이나 다름없는 셈입니다.

화를 쉽게 내는 사람은 스트레스 반응에 약합니다. 그래서 작은 스트레스에도 쉽게 화를 내죠. 스트레스는 교감신경계를 자극합니다. 그러면 아드레날린 같은 호르몬이 분비되면서 혈압이 상승하고 맥박이 빨라집니다. 당연히 심장과 혈관에 무리가 오겠죠. 화를 내면 혈액 속 염증 세포가 증가할 뿐만 아니라 신체의 면역력을 크게 떨어뜨린다는 연구 보고도 있습니다.

그럼 화를 무조건 참는 것이 정답일까요?
화를 억누르면 더 큰 스트레스가 됩니다.

동양에서 말하는 '화병'이 대표적인 예입니다.

화를 내거나 참는 것이 아니라

올바르게 다스리는 지혜가 필요합니다.

분노를 다스리는 지혜에 대해 전문가들의 의견을 보태어 말씀드릴까 합니다.

일단, 화가 날 것 같은 상황을 만들지 말아야 합니다. 만나면 분노가 치밀 것 같은 사람은 피하고, 설령 만나더라도 최대한 부딪치지 않도록 합니다. 자존심 상하는 일이 아닙니다. 이럴 때는 약간의 정신 승리도 필요합니다. '무서워서 피하는 게 아니라 내 정신 건강을 위해서 피하는 거야'라고.

그런데 살다 보면 피하려야 피할 수 없는 사람도 있습니다. 그때는 그냥 불쾌감을 표현합니다. 상대의 심기를 존중하되 명확하게 싫은 것은 싫다고 말해야 합니다.

"정중히 부탁합니다. 그렇게 하지 말아주세요."

절대 화를 내지 말고 당당히 요구하세요. 상대도 당신을 함부로 대하지 못할 것입니다.

하지만 당당히 요구하기 힘든 관계도 분명히 있습니다. 예를 들어, 직장 상사에게 당돌하게 요구했다가 불이익을 당할 수도 있고, 부모님에게 싫다고 말했다가 매를 벌 수도 있습니다. 이렇게 분노가 억압되면 세상을 향한 울분으로 솟구치거나 약자에게 분노가 전이됩니다. 약자에게 분노를 표출하는 사람이 가장 치졸합니다. 사회 구조에서 약자에 속하거나, 마음이 여린 사람들은 남 앞에서 화도 제대로 못 냅니다.

과학자들은 말합니다. 화를 마구 내도 건강에 안 좋고, 너무 참아도 안 좋다고. 분노를 관리하는 가장 좋은 방법은 운동입니다. 적당히 땀을 내면서도 몸에 무리가 가지 않는 운동은 단연코 화를 제거하는 최고의 방법입니다. 운동이라고 해서 거창하게 생각할 필요는 없습니다.

서비스 업종에서 일하는 영숙 씨는 진상 손님들 때문에 스트레스에 시달렸습니다. 힘들어하던 중에 자기계발 서적을 보고 결심합니다. 퇴근길에 음악을 들으며 집까지 걸어가기로. 운동화로 갈아신고 좋아하는 음악을 들으며 한 시간가량 걷다 보면 하루의 나쁜 기억이 싹 지워집니다. 이 간단한 걷기 운동만으로도 영숙 씨는 놀라운 효과를 봅니다.

대기업에서 근무하는 경식 씨는 짜증과 신경질이 날로 늘어만 갑니다. 퇴근 후 잦은 술자리로 체중이 늘고 건강에도 이상 신호가 나타납니다. 몸과 마음이 지쳐버린 경식 씨는 새로운 취미를 만들었습니다. 매주 일요일에 등산을 하는 것입니다. 몇 시간 동안 땀을 흘리고 오면 몸이 기분 좋게 나른하고 답답했던 가슴이 뻥 뚫리는 느낌입니다. 덕분에 회사에서 받는 중압감도 많이 해소되었습니다. 인상이 좋아졌다는 덕담도 듣습니다.

그다음, 분노를 지혜롭게 관리하는 최고의 방법 중 하나는 명상입니다. 규칙적이고 꾸준한 명상은 정서 안정에 놀라울 정도로 도움이 됩니다. 사실 명상은 운동보다 효과가 더디게 나타납니다. 하지만 운동을 통해서도 다스려지지 않는 분노가 꾸준한 명상을 통해서 좋아지는 경우가 제법 많습니다.

화를 내면 손해, 참으면 병이 됩니다.
지혜롭게 분노를 관리하고 싶은 당신에게
'적당한 운동'과 '꾸준한 명상'을 권합니다.

화를 무조건 참는 것이 정답일까요?
화를 억누르면 더 큰 스트레스가 됩니다.
화를 내거나 참는 것이 아니라
올바르게 다스리는 지혜가 필요합니다.

지혜롭게 분노를 관리하고 싶은 당신에게
'적당한 운동'과 '꾸준한 명상'을 권합니다.

[자비 명상]
미움과 분노가 솟구칠 때

자비 명상은 분노를 녹이는 강력한 효능이 있습니다.
꾸준히 하면 마음이 편안해지고,
타인에 대해 친절한 마음을 기를 수 있으며,
궁극적으로는 내가 행복해집니다.

먼저, 자리를 잡고 편안하게 앉습니다.
누워서 하면 불면증에 효과가 좋습니다.
눈을 감고, 숨을 들이쉬고 숨을 내쉽니다.
마음이 어느 정도 차분해졌다고 느껴지면
이제 자비 명상을 시작합니다.

우리는 자기 자신을 진정으로 사랑할 때
남을 사랑할 수 있습니다.
마음속으로 다음과 같이 되새깁니다.
'나 자신이 행복하길, 나 자신이 진심으로 행복하길 바랍니다.'
그런 다음 대상을 바꿔서 다시 되새깁니다.

'내가 좋아하는 사람들이 행복하길,
내가 좋아하는 사람들이 진심으로 행복하길 바랍니다.'

이제부터 조금 어려울 수 있습니다.
'나를 화나게 한 사람들이 행복하길,
나를 화나게 한 사람들이 진심으로 행복하길 바랍니다.'
이때 나를 화나게 했던 사람을 실제로 떠올려봅니다.
그 사람이 정말 행복하길 바라며 행복의 에너지를 보냅니다.
처음에는 어색하고 힘들지만 반복하다 보면
마음이 편안해지고 미움이 사라지는 기적이 일어납니다.

자, 이제 가장 어려운 관문이 남았습니다.
이 단계를 마스터한다면 영혼이 급격히 성장할 것입니다.
대상을 바꿔서 마음속으로 다음과 같이 되새깁니다.
'나를 괴롭힌 사람들이 행복하길,
나를 괴롭힌 사람들이 진심으로 행복하길 바랍니다.'
실제로 나를 괴롭힌 사람들을 떠올리면 효과가 좋습니다.

그런데 많은 분들이 이 단계를 굉장히 어려워합니다.
도저히 용서할 수 없다며 흥분하기도 합니다.

하지만 명심하세요.

자비 명상은 철저히 '내 마음을 정화하는 수행'입니다.

'나를 괴롭힌 그 나쁜 놈'에게 행복의 에너지를 보낸다 해서

그 사람이 진짜 행복해지는 것은 절대 아닙니다.

생각하기조차 싫은 '그 사람'이 행복하기를 바랄 때

내 마음에 억눌린 화가 점점 옅어집니다.

'나를 괴롭힌 그 사람'에 대한 자비심이 솟구칠 때

내 마음이 정화되는 놀라운 경험을 하게 됩니다.

자비 명상은 굉장한 '마음 치유'의 효능이 있습니다.

여러분은 그냥 조금씩 실천하고 느껴보시면 됩니다.

마음에 되새길 문구를 다시 정리해보겠습니다.

1단계, 나 자신이 행복하길,

나 자신이 진심으로 행복하길 바랍니다.

2단계, 내가 좋아하는 사람들이 행복하길,

내가 좋아하는 사람들이 진심으로 행복하길 바랍니다.

3단계, 나를 화나게 한 사람들이 행복하길,

나를 화나게 한 사람들이 진심으로 행복하길 바랍니다.

4단계, 나를 괴롭힌 사람들이 행복하길,

나를 괴롭힌 사람들이 진심으로 행복하길 바랍니다.

끝으로 명상을 마무리하며 다음과 같이 새깁니다.
'세상의 모든 존재가 진심으로 행복하길 바랍니다.'
그리고 눈을 뜹니다. 마음은 평온해지고,
타인에 대한 존중감이 점점 차오르는 걸 느낄 것입니다.

자비 명상으로 마음 정화를 경험한 분들이 많습니다.
오래된 만성질환이 치유되었다는 증언도 있습니다.
매일 10분 이상, 꾸준한 자비 명상을 통해서
여러분은 나날이 좋아질 수 있습니다.
명심하세요. 타인을 향한 자비의 마음이
궁극에는 나를 행복하게 한다는 사실을요.

저와 함께 되뇌어보겠습니다.
"모든 존재가 행복하여지이다. 진심으로 행복하여지이다."

4장

혼자일수록 강해집니다

온전히 자신에게 집중할 때 우리는 고요해지고

있는 그대로 존재할 때 우리는 더욱 편안해집니다.

지금 이 순간 '진짜'가 되세요.

외로움이
보내는 신호

가슴에서 외로움이 느껴질 때
무언가에 의지하려고 하지 마세요.
밖으로 만족을 구할수록
내면은 더욱 고독해집니다.

가슴에서 외로움이 느껴질 때 알아차리세요.
외로움은 나를 챙겨달라는 빨간 신호입니다.

자기 자신에게 집중하는
가장 좋은 방법은 무엇일까요?

홀로 걷거나
홀로 차를 마시거나
홀로 앉아 있을 때
그 고요함을 음미해보세요.
그래요, 그냥 고요함을 음미하세요.

비울수록 가벼워지고
혼자일수록 내면은 더욱 빛이 납니다.

외로울 때 외로움을 피하지 마세요.
외로움과 친해지세요.
외로움을 부정적인 감정으로 여기지 마세요.

항상 밖으로 치달리는 나에게
외로움이 신호를 보내옵니다.
이렇게 말을 건넵니다.

"너 자신에게 오롯이 집중할 시간이야."

혼자일수록 강해집니다

연꽃이 되다

　한 소녀가 있었습니다. 사는 게 괴롭고 괴로웠던 소녀는 괴로움을 피해 속세를 떠났습니다. 그리고 산으로 들어가 스승을 만났습니다.

　스승이 소녀에게 물었습니다.

　"여긴 왜 왔니?"

　"괴로움을 피해서 왔습니다."

　스승은 소녀를 지그시 쳐다보며 말했습니다.

　"이곳이 괴로우면 또 피하겠네."

　소녀는 수도승이 되었습니다. 하지만 이상과 현실은 너무나 달랐습니다. 소녀는 결국 산을 내려가기로 결심했습니다.

스승이 소녀에게 물었습니다.

"왜 여기를 떠나려고 하니?"

"제가 생각한 것과 너무 달라서요."

스승은 소녀를 지그시 쳐다보며 말했습니다.

"어딜 가든 네 생각과 같은 곳이 얼마나 있겠니."

소녀는 다시 세상에 내려왔습니다. 그리고 많은 일을 겪었습니다. 기쁨도 있었고 슬픔도 있었습니다. 소녀는 지쳐갔고, 괴로움도 커져갔습니다.

문득 옛 생각이 났습니다. 산을 올라 지난날의 스승을 찾아갔습니다. 소녀는 여인이 되었고, 스승은 노인이 되어 있었습니다. 여인은 스승 앞에서 하염없이 눈물을 흘렸습니다. 울면서 외쳤습니다.

"왜 저는 이렇게 괴로울까요?"

여인이 울음을 그치자 스승은 연못으로 데려갔습니다. 물위에 피어난 고운 연꽃을 보며 스승이 말했습니다.

"애기야, 저 연꽃이 보이지? 사람들은 저 연꽃을 보며 모두가 감탄하지. 그런데 다들 연꽃에만 정신이 팔려 있단다. 애기야, 네 눈에는 무엇이 보이니?"

잠시 침묵이 흐른 뒤 스승이 말을 이어갔습니다.

"내 눈에는 연꽃이 뿌리를 내린 저 바닥이 보이는구나. 연꽃이 피기 전에 이 연못은 아무도 쳐다보지 않는 시궁창이지. 그런데 때가 되어 꽃이 피면 사람들은 여기가 원래 시궁창이었음을 다들 잊어버리더구나."

눈물을 글썽이며 자신을 바라보는 제자에게 스승이 말했습니다.

"연꽃은 시궁창을 탓하지 않고 저 더러운 물에서 이토록 아름다운 꽃을 피우는구나. 주변이 시궁창 같아도 결국 꽃을 피우는 것은 누구의 몫일까?"

스승이 웃으며 다시 한번 물었습니다.

"과연 누구의 몫일까?"

과거에 소녀였고 지금은 여인이 된 제자는 결심했습니다.

'나는 저 연꽃이 되리라.'

그녀는 살아갔습니다. 그리고 또다시 많은 일이 있었습니다. 웃는 날도 있었고, 웃지 않는 날도 있었습니다. 하지만 더는 울지 않았습니다. 아무리 힘들고 괴로워도 울지 않았습니다. 다만, 마음속에 이 말을 새기고 또 새겼습니다.

'이 모든 건 연꽃을 피우기 위한 과정이야. 연꽃은 시궁창을 탓하지 않아. 나는 반드시 꽃을 피울 거야.'

훗날 그녀가 세상을 떠나자 사람들은 그녀를 추억합니다. 어떤 상황에서도 항상 밝았던 사람, 슬픔 속에서도 웃음을 잃지 않았던 사람, 괴로움에 잠시 흔들려도 어느새 미소 짓던 사람…….

그녀를 기억하는 사람들은 이렇게 말합니다. 시궁창 같은 세상에 그런 사람이 있기에 그래도 세상이 살 만한 거라고.

소녀는 그렇게 세상의 연꽃이 되었나 봅니다.

벗어나
자유롭기를

숲속의 수행자들이 꼭 지켜야 할 규칙이 있습니다.

'한 나무 아래 사흘 이상 머무르지 않는다.'

한 나무 아래 오래 머물다 보면 그곳이 자기 자리라고 집착하게 되기 때문입니다.

집착은 인간이 가지고 있는 가장 원초적인 성향입니다. 나아가 모든 생물이 가진 생존 욕구입니다. 집착이 없는 사람은 없습니다. 수행자들의 목표인 완전한 깨달음을 얻기 전까지는 말입니다.

과연 인간이 모든 형태의 집착에서 완전히 자유로울 수 있는가에 대해 회의적으로 바라보는 학자도 있습니다. 인간에게는 살아남기 위한 기본적인 욕구가 있습니다. 그러한 욕구는 곧 집착으로 이어집니다. 약육강식의 세상에서 살아남기 위해, 자손을 유지하기 위해, 인간은 끊임없이 집착을 일으키는지도 모르겠습니다.

　여기 흥미로운 사례가 있습니다. 고객들에게 물건을 주고서 2주 동안 사용한 뒤 후기를 남겨달라고 부탁합니다. 2주가 지나 물건을 회수할 때가 되면 고객들이 많이 당황하고 아까워한답니다. 원래 자기 물건이 아니었는데도 말이죠.

　뇌과학은 집착의 본질이 인간의 숙명임을 밝히고 있습니다. 예컨대, 어떤 사람이 돈을 받고 물건을 팝니다. 정당한 대가를 받고 물건을 넘겨주었음에도 뇌에서 통증을 담당하는 영역이 활발하게 작동합니다. 이유를 떠나서 내 물건이 남에게 넘어갔다는 것 자체가 불편하게 느껴지는 것입니다. 아무 대가 없이 퍼주고 봉사하는 사람들의 대단함을 다시 한번 되새겨봅니다.

　적당한 집착은 삶을 지탱하는 원동력입니다.
　하지만 큰 짐을 실은 배가 가라앉듯이

지나친 집착은 인생을 무겁고 힘겹게 만듭니다.

집착에 대한 재미난 옛날이야기를 들려드립니다.

스승과 제자가 있었습니다. 먼길을 가던 중에 제자가 길에서 특이한 돌을 발견합니다. 제자는 생각했죠.

'참 진귀한 돌이네. 내가 챙겨가야지.'

돌덩이를 짊어진 제자의 머릿속에 망상이 꼬리를 물고 일어납니다.

'이 돌을 어디에 둘까? 방에다 둘까? 아니면 밖에다 두고 사람들에게 자랑할까? 수집가에게 팔면 얼마나 받을 수 있을까?'

제자는 점점 걸음이 느려지면서 지쳐갑니다.

스승이 보다 못해 한마디 합니다.

"돌을 내려놓거라. 그러면 편하지 않겠느냐?"

제자가 힘겹게 대답합니다.

"귀한 돌입니다. 함부로 버릴 수 없습니다."

길에서 주운 돌덩어리가 어느새 귀한 돌이 되어 사람을 지치게 만듭니다. 집착이란 것이 이와 같지 않을까요? 삶의 길목에서 우연히 마주친 돌덩이에 집착하며 나를 힘들게 하고 있지는 않은가 조심스레 뒤돌아봅니다.

한 나무 아래 사흘 이상 머물지 않았던 숲속의 고귀한 수행자들은 이렇게 노래했습니다.

소리에 놀라지 않는 사자처럼

그물에 걸리지 않는 바람처럼

흙탕물에 더럽혀지지 않는 연꽃처럼

무소의 뿔처럼 혼자서 가라.

-《숫타니파타》

모든 집착을 훨훨 날려버리고

바람처럼 자유롭고 싶습니다.

아무런 속박 없는 대지 위의 무소처럼

자유롭고 싶습니다.

풀잎에 맺힌 이슬방울이 집착 없이 굴러가듯,

고치에 갇혔던 나비가 날개를 펴고 허공을 날 듯,

우리도 그와 같이 살기를 두 손 모아 기도해봅니다.

적당한 집착은 삶을 지탱하는 원동력입니다.
하지만 큰 짐을 실은 배가 가라앉듯이
지나친 집착은 인생을 무겁고 힘겹게 만듭니다.

번뇌를 이기는
두 가지 무기

명상 수행자들은 말합니다.

"모든 사람의 내면에는 근원적 순수함이 있다."

근원적 순수함은 위대한 수행자에게만 있는 것이 아니랍니다. 그것은 평범한 사람에게도, 흉악한 사람에게도 깃들어 있습니다. 근원적 순수함 속에는 지혜와 자비, 사랑과 연민 같은 긍정적인 에너지가 깃들어 있다고 합니다. 하지만 주위를 조금만 둘러봐도 너무 많은 탐욕과 다툼이 있습니다.

본래 깨끗하고 순수한 마음에 그늘진 어두운 망상들을 '번뇌'라고 부릅니다. 번뇌는 끊임없이 우리를 공격합니다. 번뇌 자체가 적은 사람도 있고, 번뇌의 짐이 유독 무거운 사람도 있습니다. 몇 마디 말에 마음이 쉽게 순수해지는 사람이 있는 반면, 아무리 좋은 말과 좋은 가르침에도 자기 이익만을 탐하려는 사람도 있습니다.

마음을 닦는 수행자들은 악마에 대해서 이야기합니다. 악마의 진짜 정체는 바로 '번뇌'라고요. 마음의 번뇌가 가장 무섭고 가장 위험한 악마입니다. 우리 마음에는 너무 많은 악마가 도사리고 있어서 늘 우리를 공격합니다.

다행히 마음공부의 선각자들이 번뇌라는 이름의 악마가 제일 싫어하는 것이 무엇인지 밝혀놓았습니다. 그것은 두 가지입니다. 이 위대한 가르침을 공짜로 배우는 당신은 정말 행운아입니다.

번뇌가 제일 싫어하는 것은 '알아차림'입니다.
당신의 번뇌는 항상 당신을 속이고 있습니다.
너무 교묘해서 알아차리기가 힘듭니다.
그때 필요한 힘이 알아차림입니다.

당신의 마음을 살펴보세요.

좋은 생각도 알아차리고, 나쁜 생각도 알아차리세요.

생각의 흐름을 있는 그대로 알아차릴 때,

우리의 의식은 점점 깨어납니다.

그리고 번뇌는 비명을 지를 것입니다.

더 이상 당신을 속일 수 없을 테니까요.

그다음으로 번뇌가 싫어하는 것은 '자비'입니다. 그것은 타인을 향한 친절과 연민의 마음입니다. 위대한 명상가들은 이렇게 노래합니다.

"모든 존재가 행복하기를, 모든 존재가 고통에서 벗어나기를."

입으로만 외우는 기도가 아니라 모든 존재를 향한 친절과 연민이 내면에서 솟구칠 때 번뇌는 비명을 지릅니다. 태양이 방 안을 환히 비추면 등불 아래 그늘조차 사라지듯이, 당신의 자비심은 구름을 벗어난 해와 같을 것입니다.

사람의 성품은 본래 밝고 깨끗하지만 대개 그 순수한 성품이 가려져 있습니다. 그 정도가 유난히 심한 사람들도 있습니다. 순수한 성품을 가리는 그 무엇을 깨뜨리는 것이 마음공부입니다.

두꺼운 장막을 걷어내면 당신은 고요해집니다.
단단한 껍질을 깨뜨리면 당신은 평온해집니다.
밝고 깨끗한 본래 성품이 드러나면
당신은 진정으로 행복해질 것입니다.

매일매일 기도합니다.
모든 존재가 행복하기를,
모든 존재가 고통에서 벗어나기를.

그리고 항상 알아차립니다.
마음을, 이 마음을.

운명을 바꾼 소년

한 소년이 유명한 관상가를 찾아가 물었습니다.

"제가 높은 벼슬에 올라 재상이 될 수 있을까요?"

관상가는 소년을 유심히 쳐다보며 말했습니다.

"네 관상을 보니 높은 벼슬은 힘들겠구나."

소년은 잠시 고민하더니 다시 물었습니다.

"혹시 의술을 배운다면 의원이 될 수 있을까요?"

관상가는 의아한 표정으로 소년에게 물었습니다.

"아까는 재상이 되고 싶다더니 왜 갑자기 의원이 되고자 하느냐?"

"제가 재상이 되고 싶은 이유는 백성들을 편안하게 해주고 싶어서입니다. 만약 재상이 될 수 없다면 차라리 의원이 되어 아픈 사람들을 고통에서 구제해주고 싶습니다."

소년이 씩씩하게 답하자 관상가가 감탄하며 말했습니다.

"너는 장차 큰 벼슬에 오를 것이다."

"아니, 왜 아까는 안 된다더니 지금은 된다고 하십니까?"

"손금보다 뛰어난 것이 관상이요, 관상보다 뛰어난 것이 마음이라고 했다. 백성을 사랑하는 너의 큰마음이 관상을 바꿔놓았구나."

소년은 훗날 재상이 되어 백성들을 위해 힘쓰고 널리 인재를 길러 존경받는 위인이 됩니다. 그 소년이 바로 송나라 시대의 명재상이었던 범중엄입니다.

사람들은 자신의 운명을 궁금해합니다.

난 어떤 삶을 살게 될까?

내가 하고자 하는 일이 과연 잘될까?

그런데 정작 중요한 것을 놓치고 있습니다. 운명을 알고 싶어 하면서 정작 운명을 바꾸려 하지 않습니다. 운명을 바꿀 수 있다는 말에 비싼 부적을 사거나 이상한 비방을 쓰기도 합니다.

그러나 운명을 바꾸는 길은 부적이나 요상한 비방에 있지 않습니다. 핵심은 '마음'입니다. 수천 년 동안 인간의 운명을 연구한 선각자들이 입을 모아 이야기합니다.

　"운명을 만드는 것도 '마음'이요, 운명을 바꾸는 것도 '마음'이다."

　지금 당신의 마음은 무엇을 향하고 있나요?

인생의 기적을
만든 세 가지 숙제

삶에 지쳐 힘겨워하는 중년 여인이 있었습니다. 남편과의 불화, 방황하는 아이들, 그리고 숨 막히는 직장 생활……

집에 있으면 가슴이 터질 것만 같아 맑은 공기라도 마실까 하여 숨을 헐떡이며 산길을 오릅니다. 쉼터에서 목을 축이고 잠시 숨을 돌리는데 나이 많은 비구니 스님이 보입니다. 어릴 적에 할머니 손을 잡고 절에 가던 기억이 떠올라 스님에게 다가가 하소연을 합니다.

"스님, 제 팔자가 사나운가 봐요. 사는 게 너무 괴롭고, 어떻게 살아야 할지 도무지 모르겠어요."

비구니 스님이 정색을 하고 쏘아붙입니다.

"너만 괴롭냐! 자네 꼴을 보니 남편과 자식도 괴롭겠다."

여인은 깜짝 놀라 말했습니다.

"스님, 무슨 말씀을 그리 심하게 하세요."

비구니 스님이 표정을 누그러뜨리고 말했습니다.

"자네 얼굴을 보게. 낯빛이 그리 어둡고 심술이 가득한데 어떻게 행복할 수 있겠어?"

"제가 어떻게 하면 될까요, 스님?"

"매일 108배를 하고, 아무리 힘들어도 절대 화내지 말고, 대화할 땐 항상 미소를 지어. 이 세 가지만 지키면 관상이 바뀔 거야. 자네 얼굴에 분홍 꽃이 피면 내 말을 이해할 걸세."

"얼굴에 분홍 꽃이 핀다니…… 무슨 뜻인가요?"

스님이 너털웃음을 치며 말했습니다.

"해봐. 하다 보면 알게 될 거야."

여인은 산에서 내려온 뒤 노스님의 말이 뇌리에서 지워지지 않습니다. 그래서 생각합니다.

'그래, 해보자. 한번 해보자. 뭐가 되도 되겠지.'

그날로 여인은 매일 108배를 시작했습니다. 처음에는 너무 힘들어서 중간에 몇 번을 쉬기도 했습니다. 절을 하며 자신을 돌이켜봅니다. 남편과 아이들을 볼 때마다, 직장에서 사람들을 대할 때마다 화가 치밀었습니다. 자기도 모르게 신경질을 내고는 그때마다 후회했습니다.

'참자, 참자. 화내봤자 내 속만 아프다. 녹이자, 녹이자.'

그리고 사람들과 대화할 때도 미소 지으려고 노력했습니다.

그렇게 몇 달간 꾸준히 108배를 했습니다. 어느 순간 절을 해도 전혀 힘들지 않았습니다. 다리에 힘이 생기고 자세가 달라진 느낌이 들었습니다. 계단을 오를 때는 다리에 스프링이 달린 듯 가벼웠습니다. 그녀를 괴롭히던 불면증, 소화불량, 변비가 싹 사라졌습니다. 무엇보다도 답답했던 가슴이 뻥 뚫리는 기분이었습니다. 그 느낌이 좋아 누가 시키지도 않았는데 매일 108배를 하는 것이 습관이 되었습니다.

한편으로 화를 내지 않으려고 계속 노력했습니다. 애를 쓰다 보니 요령도 터득했습니다. 화가 날 때 심호흡을 하면 참는 힘이 생겼습니다. 가족에게 신경질 내는 일도 줄었습니다. 사람들을 대할 때 웃으려고 노력하다 보니 저절로 상냥한 태도가 나옵니다.

시간이 꽤 흘러 여인은 달라진 자신의 모습을 발견합니다. 티격태격하던 남편과 대화하는 시간이 늘자 그간의 서운함과 오해가 풀려갑니다. 엄마 아빠가 다투지 않으니 아이들의 표정도 밝습니다.

"엄마가 기분 좋으니까 우리도 그냥 좋아."

여인은 눈물이 터져 나오려 합니다.

'그래, 너희도 힘들었겠구나. 나만 힘든 게 아니었구나.'

직장에서 사람들을 상대하며 늘 미소 지으려고 애쓰다 보니 처음에는 무시당하는 상황도 있었습니다. 하지만 이제는 주변에 사람들이 몰려듭니다. 그렇게 신뢰가 쌓이니 직장 생활이 별로 힘들지 않습니다.

어느 날, 오랜만에 만난 지인이 깜짝 놀라며 묻습니다.

"어머, 혈색 좋은데요! 무슨 보약 드세요? 아니면 화장품 바꿨어요? 비결이 뭐예요?"

그녀는 웃으며 얼버무립니다.

집으로 돌아와 세수하고 거울에 비친 자신의 얼굴을 봅니다. 환한 얼굴에 건강하게 피어오른 홍조를 보는 순간 산에서 만난 비구니 스님의 말이 생각납니다.

"자네 얼굴에 분홍 꽃이 피면 내 말을 이해할 걸세."

노스님의 해몽법

옛날 옛적에 과거 시험을 준비하던 선비가 있었습니다. 선비는 시험을 보기 위해 서울로 길을 떠납니다. 서울에 거의 당도했을 무렵 날이 어둑해지자 근처 주막에서 하룻밤을 묵게 됩니다.

그날 밤 선비는 생생한 꿈을 꿉니다. 숟가락을 들고 막 밥을 먹으려는데 갑자기 밥상이 확 엎어지는 꿈이었습니다. 깜짝 놀라 잠에서 깬 선비는 탄식합니다.

"아이고! 밥상이 엎어지는 꿈을 꿨으니 이번 시험은 망했구나. 아이고 내 신세야……."

실의에 빠진 선비는 시험을 포기하고 집으로 돌아갈까 고민합니다. 그때 멀리서 은은하게 목탁 소리가 들려옵니다. 선비는 답답한 마음에 목탁 소리가 나는 절을 찾아갑니다. 절마당으로 슬쩍 들어가 보니 노스님이 툇마루에 앉아 있습니다. 선비는 노스님에게 달려가서 꿈 이야기를 들려주며 신세한탄을 합니다.

그런데 선비의 이야기를 듣고 난 노스님이 껄껄 웃음을 터뜨립니다. 그리고 선비에게 말합니다.

"이보시오, 젊은 양반. 그 꿈은 길몽이오."

선비는 깜짝 놀라 반문합니다.

"밥상이 엎어졌는데 어찌 길몽입니까?"

"젊은 양반, 생각해보시오. 밥을 먹으려는데 밥상이 엎어졌으니 어떻게 해야 합니까? 상을 다시 차려야지요. 시험을 보기 전에 밥상이 엎어졌으니 이는 시험에 합격해서 새 밥상을 차려 먹는다는 뜻이오. 이게 길몽이 아니고 무엇이겠소?"

선비는 그제야 환하게 웃으며 뛸 듯이 기뻐했습니다.

"아이고, 스님. 그런 깊은 뜻이 있었네요. 감사합니다. 정말 감사합니다."

선비가 절에서 나간 뒤 동자승이 노스님에게 물었습니다.

"스님, 그 꿈이 그런 뜻인가요?"

노스님이 너털웃음을 지으며 대답했습니다.

"허허, 나야 모르지."

"그런데 왜 길몽이라 하셨습니까?"

노스님이 미소를 띠고 동자승에게 대답했습니다.

"꿈이란 본래 마음이 만드는 것이란다. 좋은 꿈도 나쁜 꿈도 마음이 만드는 것인데, 자기가 만든 꿈에 자기가 속고 있구나. 좋은 꿈이든 나쁜 꿈이든 그 선비의 마음이 편안해졌으면 그걸로 됐지 않느냐. 허허허."

며칠 후 그 선비가 노스님을 찾아와 과거 시험에 합격했다며 감사 인사를 올렸습니다. 스님의 해몽이 정말 용하다며 신기해하는데 노스님도 동자승도 그저 말없이 미소 지었다고 합니다.

재미있었나요? 평소 자잘한 꿈에 너무 집착하는 분들에게 꼭 들려주고 싶었던 이야기입니다.

흔히 징크스라는 게 있습니다. 어떠한 징조가 있으면 자신에게 액운이 닥칠 거라고 지레짐작하고 두려워합니다. 그런데 말이죠, 조금만 노력해서 자신의 마음을 잘 살펴보세요. 조금만 관심을 기울여 마음을 잘 관찰해보세요.

　내가 느끼는 그 모든 상황이 어쩌면 마음이 만들어낸 조작된 믿음은 아닌지 냉정하게 바라보세요. 어쩌면 우리는 스스로 만든 조작된 믿음에 속아 좋은 기회를 수없이 놓쳤는지도 모릅니다.

　마음에 속지 않으려면 항상 깨어 있어야 합니다.
　어떤 해석이든 생각하기 나름입니다.

　꿈자리에 굴림을 당하지 말고
　꿈을 굴리는 존재가 되세요.
　감정에 굴림을 당하지 말고
　마음을 굴리는 존재가 되세요.

나를 바꾸고 싶다면

하버드대학의 심리학자 엘렌 랭어Ellen Langer는 오랫동안 인간의 행동과 의식 구조를 연구했습니다. 또한 명상의 과학적 효과를 세상에 널리 알린 생활 명상의 개척자이기도 합니다.

그녀는 아주 독특한 실험을 진행합니다. 호텔의 객실을 관리하는 직원 44명에게 다음과 같이 지시합니다.

"지금부터 자신이 맡은 업무를 노동이라 생각하지 말고 운동이라고 생각해보세요. 그런 마음으로 일을 해보세요."

직원들은 주된 업무인 객실 청소와 세탁 등을 하면서 '이것은 노동이 아니라 운동이다'라고 마음에 새기며 한 달을 보냅니다. 그리고 한 달 뒤, 실험에 참여한 직원들을 상대로 변화를 측정해보니 체중이 평균 1킬로그램 감소했으며 혈압도 10 이상 떨어진 것으로 나타났습니다. 특별한 운동을 하거나 식단 조절 없이 마음가짐을 바꾼 것만으로도 유의미한 결과를 보인 것입니다.

어느 주부가 갱년기에 이르러 짜증이 늘고 수시로 우울감이 찾아왔습니다. 우연히 명상이 좋다는 말을 듣고 직접 배워보기로 합니다. 그런데 가만히 앉아 있으니 지루하고 집중도 안 됩니다. 오히려 몸이 더 처지는 느낌입니다.

힘들어하는 그녀에게 명상 선생님이 묻습니다.

"평소에 스트레스를 받을 때 무얼 하셨나요?"

그녀는 곰곰이 생각하다 대답합니다.

"그냥 설거지하고 빨래하고 청소를 했죠."

"아주 좋아요. 제가 지금부터 새로운 명상법을 알려드릴게요. 이제부터 설거지하거나 빨래하고 청소할 때마다, 오직 설거지하고 빨래하고 청소하는 것 자체에 집중하세요. 그리고 마음이 점점 깨끗해진다고 생각하세요."

그녀는 명상법이 특이하다고 생각했습니다. 하지만 빌로 어려울 게 없었죠. 곧 선생님이 알려준 대로 생활 속의 명상을 시작했습니다.

설거지하고 빨래하고 청소할 때마다 그 순간순간에 집중하며 자신이 하는 일을 내내 알아차렸습니다. 그리고 일을 하는 동안 자신의 마음이 깨끗해진다고 상상했습니다. 자꾸 하다 보니 실제로 마음이 편안해지는 느낌이 들었습니다.

어느 날 집안일을 말끔히 마친 뒤 지친 몸으로 소파에 앉았습니다. 편안하게 몸을 기대고 별생각 없이 앉아 있을 때였습니다. 반짝반짝 깨끗한 거실이 눈에 들어오면서 돌연 가슴이 편안해지고 의식이 맑아지는 게 아니겠습니까.

몇 분 동안 황홀경에 빠졌다가 현실로 돌아온 그녀는 가슴에 질척이던 우울한 감정이 싹 사라진 것을 느낍니다. 그 후 수시로 밀려오던 짜증이 없어지고, 긍정적인 마음으로 하루하루를 맞이하게 되었다고 합니다.

'마음'은 '나'의 '주인'입니다.
마음의 변화가 나를 움직입니다.
지금 여러분의 마음은 어떤 길을 걷고 있나요?
여러분의 선택이 곧 마음의 길을 결정합니다.
자신을 바꾸고 싶다면
지금 이 순간, 이 마음을 알아차리세요.

무엇에도
기대지 않는 행복

행복해지고 싶나요?

무엇이 당신을 행복하게 할 수 있을까요?

돈이 당신을 행복하게 할까요? 돈이 있으면 참 편하고 돈이 없으면 너무 불편합니다. 돈이 많으면 행복해질 확률이 매우 높습니다. 돈은 분명 확실한 행복의 조건 같습니다.

그런데 당황스럽게도, 제 주변에는 엄청난 부자인데도 자살한 분들이 있습니다. 심지어 세계적인 부호인데도 행복하지 않다는 분도 있습니다. 이걸 보면 돈만 있다고 행복하진 않은가 봅니다.

그럼 권력이나 명예, 인기가 당신을 행복하게 할까요? 그럴지도 모르겠네요. 그런데 이상한 이야기를 듣게 됩니다. 권력과 명예와 인기가 하늘을 찌르는데 마음 한구석이 불편하다고 합니다. 왠지 쫓기는 느낌이고 모든 것이 물거품이 될까봐 불안하답니다. 인기를 한몸에 받던 슈퍼스타가 자살한 일도 있죠. 참 어렵습니다.

　마지막으로, 사랑이 당신을 행복하게 할까요? 사랑하면 분명 행복하겠죠. 신이 내린 최고의 기쁨은 사랑이라는 분도 있습니다. 맞습니다. 공감합니다. 그런데 평생 지속되는 사랑이 얼마나 될까요? 내가 사랑하는 사람은 나를 싫어하고, 나를 사랑하는 사람은 내가 싫습니다. 마치 노래 가사 같습니다.
　어제는 미칠 듯이 사랑했는데 오늘은 이별하고 내일은 원수가 되기도 합니다. 가장 큰 상처는 사랑했던 사람의 비수라는 말도 있습니다. 영원히 사랑하며 살면 좋겠지만 영원한 사랑은 그저 꿈만 같습니다. 너무 어렵습니다.

　참된 행복에는 조건이 없습니다. 왜냐고요? 조건과 원인으로 일어난 행복은 그 조건과 원인이 사라질 때 같이 사라져버리니까요. 돈으로 얻은 행복은 돈이 없으면 사라지고, 명예·권력·인기로 얻은 행복은 그것들이 무너지면 함께 사라집니다. 사랑 때문에 행복했는데 그 사랑 때문에 가슴 아프고 힘들어요. 원인과 조건에 기댄 행복은 결코 참되지 못합니다.

옛적에 깨달음을 얻은 위대한 성자가 있었습니다. 누더기를 걸치고 걸식하는 성자는 항상 미소 띤 얼굴로 행복해 보였습니다. 괴로움에 시달리던 왕이 소문을 듣고 성자를 찾아가 이렇게 물었습니다.

"당신은 무엇 때문에 행복합니까?"

성자가 조용히 웃으며 답했습니다.

"행복하지 않을 이유가 어디 있나요?"

살아가면서 돈·권력·명예·인기·사랑을 포기할 수는 없습니다. 하지만 하루에 단 몇 분만이라도 자신의 내면을 살펴보세요. 아무 조건 없이, 무엇에도 기대지 않고 홀로 빛나는 이 마음을 살펴보세요. 마음을 잘 닦아나갈 때 숨겨졌던 보물이 행복이란 이름으로 고요히 흘러넘칠 것입니다. 당신은 행복할 자격이 있습니다. 당신이 진심으로 행복하길 바랍니다.

남이 나를 어떻게 바라볼까?
놓아버리세요.
남이 나를 어떻게 생각할까?
흘려버리세요.
남이 나를 어떻게 평가할까?
지워버리세요.

있는 그대로 존재할 때
우리는 더욱 편안해집니다.

되는 대로
있는 그대로

중년 부부가 있었습니다. 넉넉한 경제력, 공부 잘하는 아이들, 그리고 금실 좋은 부부를 보며 주위 사람들은 부러워했습니다. 그런데 충격적인 소식을 듣게 됩니다. 그토록 완벽한 결혼 생활을 하던 부부가 이혼한 것입니다. 사람들은 웅성거렸습니다.

"대체 무슨 일이 있었던 거지?"

나중에 알게 된 진실은 뜻밖이었습니다. 부부는 오래전부터 사실상 별거에 가까운 쇼윈도 부부였던 것입니다. 사람들에게 보여주기 위해서 억지로 결혼 생활을 끌고 갔던 거죠.

사람은 살면서 누구나 가면을 씁니다. 단지 가면의 모양과 두께에 차이가 있을 뿐이죠. 그런데 자신이 쓴 가면을 집착 없이 내려놓는 사람들이 있습니다. '이게 원래 내 모습이야.' 남의 시선을 의식하지 않고 자유롭게 자기를 표현합니다.

반면에, 어떤 사람들은 자신이 쓴 가면에 집착합니다. 남에게 보여주기 위해서 더 많은 가면을 쓰기도 합니다. 그들은 진짜 자신의 모습에는 관심이 없습니다. 남에게 보이는 모습이 곧 자기라고 생각하기 때문입니다.

적당한 가면은 삶에 활력소가 될 수 있습니다. 하지만 가면에 집착할수록 삶이 점점 공허해집니다. 그리고 두렵습니다.

'사람들이 내 진짜 얼굴을 보면 어떡하지? 그래도 나를 좋아해줄까? 가면 때문에 관심받고 있는데 이걸 벗으면 어떻게 될까?'

두려움은 스트레스가 됩니다. 두려움이 쌓이고 쌓여 심리적 장애를 일으키기도 합니다. 가면의 무게가 무거워질수록 마음의 짐도 무거워집니다. 그 짐은 점점 쌓여서 우울증으로 변해갑니다.

'조명효과'라는 이론이 있습니다. 무대에 올라 스포트라이

트를 받으며 사람들의 관심을 한몸에 받을 때, 우리는 굉장한 희열을 느낍니다. 그런데 혹시 알고 계시나요? 사실 사람들은 '타인'에게 별 관심이 없답니다. 이와 관련해 미국의 심리학자 토머스 길로비치Thomas Gilovich가 흥미로운 실험을 했습니다. 실험 내용은 이렇습니다.

한 학생에게 눈에 띄는 특이한 티셔츠를 입힌 다음 여러 사람이 앉아 있는 실험실에 들여보냅니다. 잠시 그곳에 앉아 있다가 나오라고 한 뒤에 티셔츠를 입은 학생에게 질문을 던집니다.

"그 안에 있던 사람들 가운데 자네가 입은 티셔츠를 기억할 사람이 몇이나 되겠나?"

학생은 40퍼센트 정도가 기억할 것이라고 답했습니다. 그러나 실제로 그 학생의 티셔츠를 기억한 사람은 10퍼센트에 지나지 않았습니다. 이와 똑같은 실험을 반복했지만 결과는 거의 비슷했다고 합니다. 그렇습니다. 사람들은 우리의 생각과는 다르게 타인에게 별로 관심이 없습니다.

조명효과의 또 다른 문제점이 있습니다. 조명 속에서 사람들의 관심을 받다가 조명이 꺼지면 사람들의 관심도 사그라

듭니다. 그러면 큰 상실감이 밀려옵니다. 특히 무대에 강하게 집착할수록, 사람들의 관심을 열렬히 갈구할수록, 심리적 타격은 큰 충격파를 일으킵니다.

미국의 한 여성 모델 이야기를 들려드립니다.

그녀는 뚜렷한 이목구비와 매끈한 피부로 수많은 잡지를 장식하던 잘나가는 모델이었습니다. 세월이 흘러 젊음은 석양처럼 저물어갑니다. 몸매와 피부가 예전 같지 않습니다. 그녀는 극심한 스트레스로 정신과 상담까지 받습니다. 다행히 그녀는 지혜로웠습니다. 선배 모델들이 과도한 성형수술로 큰 고통을 받은 사실을 상기합니다. 때마침 요가 강사의 권유를 받아 명상을 시작합니다.

탄력을 받은 그녀는 인도로 건너가 요가와 명상을 심도 있게 수련합니다. 아무도 자신을 알아보지 못하는 낯선 땅에서 뜨거운 태양 아래 한껏 땀을 흘리며 스트레스를 날려버립니다.

하루는 그녀가 과일을 사러 시장에 갑니다. 과일 상수가 웃으며 그녀에게 덕담을 합니다.

"당신 정말 아름답군요."

과일을 사줘서 저런 소리를 하나 보다 가볍게 웃으며 숙소로 돌아옵니다. 오랜만에 거울을 자세히 들여다봅니다. 얼굴에 주름이 더욱 깊어졌고 뜨거운 햇살에 붉게 탄 모습입니다. 하지만 그녀는 깨닫습니다. 화려한 조명을 받던 지난날보다 지금이 더 눈부시고 환하다는 것을.

달라진 자신을 보고서 행복의 비결을 묻는 사람들에게 그녀는 이렇게 대답합니다.

"매일 조금씩이라도 운동을 하세요. 매일 조금씩이라도 햇빛을 받으세요. 그리고 가장 중요한 것은……."

호기심 가득한 눈으로 바라보는 사람들에게 그녀는 말합니다.

"다른 사람의 시선과 판단에 스트레스 받지 마세요. 그냥 되는 대로 살아요. 그럼 정말 마음이 편안해져요."

남이 나를 어떻게 바라볼까?

놓아버리세요.

남이 나를 어떻게 생각할까?

흘려버리세요.

남이 나를 어떻게 평가할까?

지워버리세요.

온전히 자신에게 집중할 때
우리는 더욱 고요해지고
있는 그대로 존재할 때
우리는 더욱 편안해집니다.

지금 이 순간 '진짜'가 되세요.
머무는 곳마다 참될 것입니다.

팔굽혀펴기와 명상

"명상은 하루에 얼마 정도 해야 하나요?"

가끔씩 사람들이 저에게 묻습니다.

글쎄요, 솔직히 저도 잘 모르겠습니다. 왜냐하면 명상하는 사람들마다 주장이 조금씩 다르기 때문입니다.

제 개인적인 경험으로 명상 시간은 길면 길수록 좋습니다. 오래 앉아 있을수록 고요함의 깊이가 달라지기 때문입니다. 그러나 명상이 익숙하지 않은 초보자라면 너무 오래 앉아 있는 것이 오히려 악영향을 미칠 수도 있습니다.

명상 시간이 길수록 좋다는 말만 듣고 억지로 오래 앉아 있다가 몸이 상하는 일도 있습니다. 스트레스를 풀려고 명상했는데 오히려 스트레스를 받는다면 그것도 큰 곤욕입니다. 초보자는 짧게 자주, 숙련자는 길게 오래 하는 것이 좋습니다. 무엇이든 상황과 조건에 맞게 적당함과 균형이 최선인 것 같습니다.

명상은 팔굽혀펴기와 비슷한 점이 많습니다.

처음에 팔굽혀펴기 운동을 할 때는 당장 큰 효과가 느껴지지 않습니다. 꾸준히 하다 보면 근육이 단단해지고 힘이 생기는 것을 확연히 느끼게 됩니다. 명상도 마찬가지입니다. 처음에 명상을 하면 당장 큰 효과가 느껴지지 않습니다. 하지만 멈추지 않고 꾸준히 하다 보면 점점 마음에 근육이 붙는 것을 느끼게 됩니다. 팔굽혀펴기든 명상이든 일단 꾸준히, 한결같이 해야 합니다.

팔굽혀펴기 운동을 처음 하는데 무리해서 몇십 개 혹은 몇백 개를 해버리면 어떻게 될까요? 다음 날 팔뚝이 얻어터진 것처럼 쑤시고 모래주머니를 단 것처럼 기분 나쁜 묵직함이 느껴질 것입니다.

현재 능력에 비해 과도한 운동은 불쾌한 느낌을 안겨주고, 운동을 시작하려 할 때마다 '팔굽혀펴기를 하면 몸이 피곤해'

라는 생각이 뇌에 새겨집니다. 그러면 뇌는 '하지 마, 하기 싫어'라는 부정적 신호를 마구 날리게 됩니다. 결국에는 팔굽혀펴기를 포기하게 되는 악순환이 생겨버리죠.

명상도 똑같습니다. 명상이 좋다는 말만 듣고 허리와 다리가 아플 정도로 오래 앉아서 되지도 않는 마음의 고요함을 억지로 쥐어짜다 보면 어떤 현상이 일어날까요? '명상을 해도 별로 좋아지지 않고 지루하기만 해'라는 공식이 뇌에 새겨집니다. 결국에는 명상과 점점 멀어지게 됩니다.

생활체육 전문가는 팔굽혀펴기 운동을 처음 시작하는 사람들에게 이렇게 조언합니다.

"가벼운 마음으로 시작하세요. 운동을 시작할 때 부담감이 느껴지면 절대 오래할 수 없습니다. 팔굽혀펴기를 최대 10회 할 수 있다면 일단 5회부터 시작하세요. 운동하면서 기분이 좋으면 횟수를 조금씩 늘리면 됩니다. 컨디션이 나쁠 때는 적당히 하고 쉬는 게 낫습니다. 운동이 숙제처럼 느껴져선 안 됩니다. 이렇게 욕심 없이 매일 하다 보면 어느 날 팔굽혀펴기 100회를 하고 있는 자신을 발견하게 될 것입니다."

명상도 이와 똑같습니다. 처음에는 가벼운 마음으로 시작하세요. 허리가 아프고 다리가 저려서 괴로운데도 억지로 버틴다면 평범한 사람들은 명상에 쉽게 접근할 수 없습니다. 일단 최소한의 시간으로 짧게 명상하되 '자주자주' 하세요.

세계적인 명상가로 유명한 베트남 출신 틱낫한 스님은 명상을 매일 '5분'만 하라고 권합니다. 5분만 명상하되 더 할 수 있으면 그냥 더 할 뿐, 절대 억지로 오래하라고 강요하지 않습니다. 5분이라도 매일매일 하다 보면 내 몸이 점점 명상의 시간에 자연스럽게 녹아듭니다. 그렇게 습관이 되는 만큼 언젠가는 긴 명상 시간으로 자연스럽게 이어질 것입니다.

오랫동안 명상을 하면서 제가 느낀 점이 있습니다. 깨달음이나 고도의 정신 통일을 이루고자 할 때는 명상에 완전히 몰입하고 집중할 필요가 있습니다. 한번 자리에 앉으면 최소 세 시간은 손끝 하나 까딱하지 않을 정도의 몰입과 집중력이 필요합니다.

하지만 보통 사람들은 어렵습니다. 직장 생활도 해야 하고 집안일도 해야 합니디. 대인 관계도 맺어야 하고 자잘한 일들도 처리하면서 살아가야 합니다. 보통 사람들이 숲속의 수행자들처럼 명상에만 집중하는 것은 불가능에 가깝습니다.

그러나 생활 명상은 다릅니다. 단지 하루 '5분'만으로도 소소하게나마 삶의 질을 높일 수 있습니다. 필요한 것은 명상하는 습관입니다. 명상하는 습관이 자연스럽게 몸과 마음에 배어들면 우리의 삶은 극적으로 변화될 수 있습니다.

매일 팔굽혀펴기 5회가 언젠가는 100회를 거뜬히 해낼 만큼 단단한 근육을 만들어줍니다. 매일 5분의 명상 습관이 언젠가는 고요함과 평온함 속으로 여러분을 이끌어줄 것입니다. 무엇을 하든 중요한 것은 거창한 목표와 요란한 시작이 아니라, 은근하게 밀고 가는 꾸준함입니다.

하루에 5분씩, 꾸준한 명상을 여러분에게 권합니다.

명상을
잘하고 싶다면

큰 회사를 운영하면서 늘 피로에 시달리는 미국의 기업가가 있었습니다. 극심한 두통으로 괴로워하던 그는 주치의에게 명상을 배워보라는 조언을 듣습니다.

기업가는 산에서 수행하는 수도승을 찾아가 물었습니다.

"선생님, 명상을 배우고 싶습니다. 어떻게 하면 명상을 잘할 수 있을까요?"

수도승이 대답했습니다.

"차 한잔 드세요."

기업가는 수도승이 따라주는 차를 마십니다.

잠시 침묵이 흐른 뒤 기업가가 다시 묻습니다.

"선생님, 저는 명상을 배우고 싶습니다. 명상은 어떻게 하는 건가요?"

수도승이 대답했습니다.

"차 한잔 드세요."

기업가는 다시 차를 마십니다.

또다시 어색한 침묵이 흐른 뒤 기업가가 묻습니다.

"선생님, 저는 명상을 배우러 왔습니다. 도대체 명상은 언제 가르쳐주십니까?"

"차 마실 때 차 마실 줄도 모르면서 명상할 때 명상을 제대로 할 수 있을까요?"

멍하니 입을 다문 기업가에게 수도승이 미소 지으며 말했습니다.

"차를 마실 때는 차를 마시세요. 그것이 명상의 시작입니다."

명상이란 신비로운 무엇이 따로 있지 않습니다.

그것은 쉽고 단순한 하나의 기술일 뿐입니다.

명상을 어렵게 생각하거나 신비화하지 마세요.

순간순간 마음을 내려놓고

지금, 이 순간 온전히 존재하는 것입니다.

차를 마실 때 차를 마시고
밥을 먹을 때 밥을 먹고
숨을 쉴 때 숨을 쉴 뿐입니다.
온전히 존재할 뿐입니다.

명상이란 신비로운 무엇이 따로 있지 않습니다.

그것은 쉽고 단순한 하나의 기술일 뿐입니다.

명상을 어렵게 생각하거나 신비화하지 마세요.

순간순간 마음을 내려놓고

지금, 이 순간 온전히 존재하는 것입니다.

[긍정 명상]
걱정과 불안이 밀려올 때

자, 지금부터 따라 해보세요.

숨을 깊이 들이쉬고 길게 내쉬면서
이렇게 속삭여봅니다.

"모든 일이 다 잘되고 있다."

다시,
숨을 깊이 들이쉬고 길게 내쉬면서
이렇게 속삭여봅니다.

"이 순간 모든 일이 다 잘되고 있다."

또다시,
숨을 깊이 들이쉬고 길게 내쉬면서
이렇게 속삭여봅니다.

"지금 이 순간 모든 일이 다 잘되고 있다."

좋은 일도 나쁜 일도
모두 내 마음을 닦는 공부라고 생각한다면,
좋은 일도 나쁜 일도
모두 그대로 나를 성장시키는 여행이 될 것입니다.

이제부터 밝은 마음으로 다시 시작해봅니다.
인생이라고 이름 붙여진 이 여행은
아직 현재진행형입니다.

혼자일수록 강해집니다

5장

우리는 실수하는 존재입니다

자기 자신을 바로 보기란 참 어렵습니다.

나는 바로 보고 있다고 여기지만

항상 속아넘어가고 착각하는 것이

우리 의식의 불완전한 모습입니다.

사회생활의
세 가지 지혜

옛날 한 선비가 과거 시험에 장원급제했습니다. 벼슬에 오르기 전 그는 지혜롭기로 유명한 현자를 찾아가 조언을 듣기로 했습니다.

"제가 과거에 급제해 이제 곧 조정에 들어갑니다. 사회생활에 꼭 필요한 좋은 가르침을 주십시오."

현자는 선비를 그윽하게 쳐다보며 말했습니다.

"눈은 두 개요, 귀도 두 개요, 입은 하나입니다. 이것을 꼭 명심하십시오."

선비는 현자에게 감사의 인사를 올렸습니다.

그 후 벼슬길에 나간 선비는 승승장구하며 큰 명예를 얻게 됩니다.

어느 날 선비가 자식들을 불러놓고 말했습니다.

"내가 젊었을 적에 지혜로운 분에게 가르침을 청했더니 눈은 두 개요, 귀도 두 개요, 입은 하나라고 일러주시더구나. 너희들은 이 뜻을 알겠느냐?"

자식들이 대답이 없자 잠시 후 선비가 말을 이었습니다.

"눈은 두 개이니 자세히 보라는 뜻이다. 귀는 두 개이니 자세히 들으라는 뜻이다. 입은 하나이니 말을 줄이라는 뜻이다. 세상 사람들은 내가 운이 좋은 줄 알지만 나는 평생 이 세 가지를 실천하였다. 너희도 이 세 가지를 늘 가슴에 새기거라."

옛 어른들이 말씀하시길, "말은 흘릴수록 가볍고 입은 무거울수록 금이 된다"라고 했습니다. "모든 재앙은 입에서 시작된다. 말은 몸을 찍는 도끼요, 혀는 몸을 베는 칼날이다"라는 성인의 말씀도 있습니다. 한결같이 말을 조심하라는 간절한 충고입니다.

유명인들이 말 한마디 잘못해서 구설수에 오르며 고생하는 것을 종종 보게 됩니다. 말 한마디로 천 냥 빚도 갚지만, 말 한마디로 만 냥을 손해 보는 것이 바로 말과 입의 무서움입니다.

어느 훌륭한 명상 스승은 제자들에게 이렇게 말했습니다.
"말을 잘하려고 애쓰지 말라. 말을 할 때 내가 무슨 말을 하고 있는지 그 의도를 항상 알아차려라. 자기 말에 스스로 속지 말라."

말이 많은 저로서는 아직도 닦아야 할 것이 참 많습니다.

"이제야 자네가
수행 좀 하겠구먼"

20대 시절, 희양산 봉암사에서 참선하던 때 일입니다. 스님들과 차담을 나누던 중에 이런 이야기를 들었습니다.

어느 젊은 스님이 몇 년 동안 선방을 다니며 참선 수행을 합니다. 그러다 우연히 만난 노스님에게 자신이 느낀 바를 털어놓습니다.

"스님, 제가 처음에 수행을 시작할 때는 깨달음을 금방 얻을 줄 일았습니다. 그런데 요새 늘어서 '아, 내 그릇이 참 작구나, 내가 많이 부족한 사람이구나' 하는 생각이 뼈저리게 듭니다."

젊은 스님의 솔직한 고백을 듣고서 노스님은 미소 지으며 대답합니다.

"이제야 자네가 수행 좀 하겠구먼."

이 이야기를 당사자인 젊은 스님에게 직접 듣고 많은 생각이 스치더군요. 꽤 오랜 시간이 지났는데 지금도 그분들의 대화가 한 번씩 기억나곤 합니다.

심리학책을 읽다가 '더닝 크루거 효과'라는 것을 보았습니다. 능력이 있는 사람은 자신의 실력을 과소평가하고, 반대로 능력이 없는 사람은 자신의 실력을 과대평가하는 경향을 말합니다. 쉽게 말하면, 못난 사람은 자기가 잘난 줄 알고, 잘난 사람은 자기가 못난 줄로 착각하는 현상입니다.

1999년 코넬대학교의 사회심리학 교수인 데이비드 더닝David Dunning과 그의 제자 저스틴 크루거Justin Kruger는 학생들을 상대로 실험을 합니다. 학생들에게 시험을 보게 한 뒤 점수를 알려주고 자신의 성적이 몇 등일지 예상해보라고 질문을 던집니다. 여기서 재미있는 결과가 나옵니다. 점수가 낮은 학생일수록 자기 등수를 높게 예상하고, 점수가 높은 학생일수록 자기 등수를 낮게 예상합니다.

반복된 이 실험을 통해서 연구진은 '능력이 없는 사람일수록 의외로 자신감이 높다'는 사실을 발견하게 됩니다.

살다 보면 여러 사람을 만납니다. 그중 어떤 이들은 자기가 굉장히 대단한 사람인 것처럼 과대포장합니다. 제가 워낙 사회 경험이 없고 우둔한지라 그분들의 말만 듣고 진짜로 믿었습니다. 그런데 시간이 한참 지난 뒤에야 그들의 호언장담이 빈 수레임을 뒤늦게 알아차렸습니다.

혹시 주변에 큰소리를 치며 대단한 사람인 양 거들먹거리는 사람이 있다면 그를 대할 때 신중해야 합니다. 실력 없는 사람이 자신감으로 가득 찰 때 그 자신감은 교만과 아집으로 돌출합니다.

'자기계발 이론'으로 무장한 한 청년이 있습니다. 이 젊은이는 늘 자신을 향해 외칩니다.

"난 완벽하다. 난 무조건 성공한다."

그런데 현실은 전혀 나아지지 않습니다. 자신감은 넘치는데 비해 정작 실력이 부족하기 때문입니다. 이 청년에게는 어떤 처방전이 필요할까요?

그에게 필요한 것은 '무조건 성공한다'는 근거 없는 자신감이 아니라, 성공하기 위해서 지금 무엇이 필요한가, 무엇을 갖추어야 하는가, 그리고 어떻게 준비할 것인가 등등 정확한 현실 인식과 실천할 수 있는 의지력입니다.

중국 대륙에서 항우와 유방이 격돌했을 때 모든 면에서 항우가 유방보다 뛰어났다고 합니다. 하지만 결과는 유방의 승리로 돌아갔습니다. 수많은 평론가가 두 사람을 비교하면서 항우가 유방에게 패한 결정적인 이유를 한마디로 정리합니다.

그것은 '지나친 자신감' 때문이라고 합니다. 항우는 실제로 출중한 인물이었지만 자신감이 지나쳐서 다른 사람의 조언에 귀 기울이지 않았습니다. 과도한 자신감이 교만과 아집이 되어 스스로를 망친 대표적인 인물로 기록되고 있습니다.

자기 자신을 바로 보기란 참 어렵습니다.
나는 바로 보고 있다고 여기지만
항상 속아넘어가고 착각하는 것이
우리 의식의 불완전한 모습입니다.

그렇다면,

자신을 바르게 보지 못할 바에야
차라리 스스로를 비워보면 어떨까요?

스스로 "많이 부족한 사람"이라는 젊은 스님의 고백에
"이제야 수행 좀 하겠구먼" 하고 껄껄 웃으셨다는
노스님의 마음을 조금은 헤아려볼까 합니다.

세상에는
버릴 게 없습니다

아주 오랜 옛날 왕이 한 기생을 사랑했습니다. 기생은 얼마후 왕의 자식을 낳았고, 아이는 기생인 어머니 품에서 사생아로 자랐습니다.

세월이 흘러 아이가 소년이 되자 어머니는 아들에게 진실을 말했습니다.

"아들아, 네 아버지는 왕이시란다. 이제 아버지를 찾아가거라."

하지만 소년은 어머니의 권유를 거절했습니다.

"제가 아버지를 찾아 궁전에 가면 사생아 취급을 받겠죠. 저는 제 길을 가겠습니다."

어머니에게 작별을 고한 소년은 소문난 명의를 찾아갔습니다. 그러곤 명의에게 간청했습니다.

"스승님으로 모시고 의술을 배우고 싶습니다. 저를 제자로 받아주십시오."

소년은 그렇게 명의의 제자가 되었습니다.

지극정성으로 스승을 모시고 가르침을 받던 어느 날 스승이 말했습니다.

"숲에 가거라. 가서 약으로 쓸 수 없는 풀을 찾아오너라."

제자는 숲에 들어가 약으로 쓸 수 없는 풀들을 잔뜩 뽑아왔습니다.

"스승님, 약으로 쓸 수 없는 풀이 너무 많아서 일단 이것만 가져왔습니다."

스승은 아무 말이 없었습니다.

어느 날 스승이 다시 제자에게 말했습니다.

"숲에 가거라. 약으로 쓸 수 없는 풀을 찾아오너라."

제자는 다시 숲에 들어가 독초를 골라서 뽑아왔습니다.

"스승님, 절대 약으로 쓸 수 없는 독초를 가져왔습니다."

스승은 역시 아무 말이 없었습니다. 그리고 어느 날 다시 스승이 말했습니다.

"숲에 가서 약으로 쓸 수 없는 풀을 찾아오너라."

제자는 다시 숲에 들어갔습니다. 헤매고 헤매다 시간이 한참 지났습니다.

제자는 결국 빈손으로 돌아와 스승에게 고했습니다.

"스승님, 죄송합니다. 숲속을 샅샅이 뒤져보아도 약으로 쓸 수 없는 풀을 발견하지 못했습니다."

스승은 활짝 웃으며 말했습니다.

"그만하면 됐다. 더는 너에게 가르칠 것이 없구나."

이 세상에는 버릴 게 없습니다.

제각각 쓰임이 다를 뿐입니다.

무엇을 가지고 어떻게 쓸지는,

결국 각자의 몫이랍니다.

오염된 마음과
순수한 마음

깊은 산속에 수행자가 살고 있었습니다. 하루는 탁발하러 마을에 내려갔다가 이상한 광경을 보았습니다. 집들이 여기 저기 무너져 있었고 사람들의 표정은 어두웠습니다.

수행자는 지나가는 사람들을 붙잡고 물었습니다.

"마을이 왜 이런가요? 무슨 일이 생겼나요?"

사람들이 수행자에게 하소연했습니다.

"마을에 독룡이 나타났어요! 독룡이 우리를 괴롭히고 있어요!"

수행자가 사람들 앞에서 선언했습니다.

"걱정 마십시오. 제가 독룡을 물리치겠습니다."

수행자는 그길로 독룡이 산다는 동굴을 찾아갔습니다. 그리고 동굴 앞에서 외쳤습니다.

"독룡아! 나의 주문을 들어라!"

수행자는 마음을 집중해서 주문을 외웠습니다. 이윽고 독룡이 동굴에서 나와 수행자에게 굴복했습니다.

"주문을 멈추시오. 나를 살려주면 내가 가진 여의주를 주겠소."

여의주라는 말에 수행자가 눈을 반짝이며 주문 외기를 멈췄습니다. 그는 독룡에게 요구했습니다.

"어서 여의주를 내놓아라."

하지만 독룡은 그 틈을 타 수행자를 공격했습니다. 수행자는 분노하여 다시 주문을 외웠습니다. 그런데 맙소사! 아무리 주문을 외워도 전혀 먹혀들지 않았습니다. 힘을 잃어버린 수행자는 독룡의 공격을 피해서 간신히 달아났습니다.

수행자는 산속의 스승을 찾아가 물었습니다.

"저의 주문이 독룡에게 효과가 없습니다. 갑자기 왜 그런 걸까요?"

스승은 수행자의 이야기를 듣고 이렇게 말했습니다.

"독룡을 향해 처음 주문을 외울 때, 너의 마음에는 사람들을 돕고 싶다는 순수한 마음만 있었다. 그래서 주문이 통했던 것이다. 하지만 그다음 주문을 외울 때, 네 마음에는 여의주를 갖겠다는 탐욕과 독룡에게 속았다는 분노만이 가득했다. 그 오염된 마음으로 인해 주문이 힘을 잃은 것이다."

수행자는 다시 독룡을 찾아갔습니다. 그리고 모든 존재의 안녕과 평화를 진심으로 바라며 주문을 외웠습니다. 독룡은 결국 굴복했고, 그 후로 다시는 사람들을 괴롭히지 않았답니다.

여기, 맑은 물이 담긴 컵이 있습니다.
검은 물 한 방울을 떨어뜨리면
컵 안의 물은 까맣게 변해갑니다.
파란 물 한 방울을 떨어뜨리면
컵 안의 물은 파랗게 변해갑니다.
한 방울의 물이 실로 엄청난 변화를 일으킵니다.

여러분은 마음속에
어떤 물방울을 떨어뜨리고 있나요?

이 세상에는 버릴 게 없습니다.
제각각 쓰임이 다를 뿐입니다.
무엇을 가지고 어떻게 쓸지는,
결국 각자의 몫이랍니다.

다른 사람을
대하는 모습

얼마 전에 우스운 이야기를 들었습니다. 우리나라 최고의 명문대학교에 다니는 어느 학생의 이야기입니다.

학생의 부모님은 오랫동안 작은 식당을 운영했습니다. 학생은 방학 때면 식당에서 부모님을 도왔죠. 하루는 중년 여성과 초등학생이 손님으로 왔습니다. 대학생이 주문을 받고 막 돌아설 때였습니다. 아이 엄마의 목소리가 또렷이 귓가에 스칩니다.

"너, 공부 열심히 안 하면 나중에 저 형처럼 된다."

농담인 듯 농담 아닌 농담 같은 그 말에 대학생은 순간 가습이 울렁거립니다. 그 자리에서 자신의 학생증을 보여주고 싶은 마음이 굴뚝같습니다. 하지만 대학생은 속으로 웃고 말았답니다. 그러자니 자신이 너무 유치해지는 것 같아서. 한편으로 그 손님과 아이가 참 가엽다는 생각이 들었답니다. 그리고 겉모습으로 절대 사람을 판단하지 말라 일러주신 부모님이 자랑스러웠답니다.

언젠가 이런 글을 본 적이 있습니다.
'그 사람이 어떤 사람인가 알고 싶다면, 그가 다른 사람을 어떻게 대하는지 살펴보라. 특히 자기보다 힘이 약하거나, 자기보다 권위가 낮은 사람을 어떻게 대하는지 관찰해보라. 다른 사람을 대하는 모습이 곧 그 사람의 진짜 인성이다.'

어느 무사의
마지막 말

검술을 배우는 무사가 있었습니다.

무사는 사과를 허공에 던져 칼로 베는 연습을 했습니다. 조금만 연습하니 금방 성공했습니다. 다음에는 밤을 던지고 칼로 베는 연습을 했습니다. 사과보다는 어려웠지만 금세 성공했습니다. 다음에는 콩알을 던져 베는 연습을 했습니다. 밤을 벨 때보다 힘들었지만 각고의 노력 끝에 완전히 익숙해졌습니다.

마지막에는 깃털을 베는 연습을 했습니다. 사과와 밤, 콩알은 딱딱해서 차라리 베기가 쉬웠습니다. 그런데 깃털은 도무지 자르기가 어려웠습니다. 어렵고 힘든 도전이었지만 무사는 오랜 연습 끝에 드디어 깃털을 벨 수 있었습니다.

어느 날, 검술 스승이 무사에게 말했습니다.
"이제 눈을 감고 깃털을 베어라."
무사는 스승의 주문에 아연실색했습니다. 어떻게 눈을 감고 허공의 깃털을 벤다는 말인가? 이것이야말로 최고의 경지라는 스승의 말에 무사는 마음을 굳게 먹고 훈련에 몰입합니다.
그리고 오랜 시간이 지난 후에 무사는 결국 성공합니다. 눈을 감은 채로 허공에 떠 있는 깃털을 칼로 벤 것입니다.
그러자 스승이 말했습니다.
"그만 하산하거라. 이제 아무도 너를 이기지 못하리라."

세상에 나간 무사는 검술 실력을 인정받아 승승장구하며 최고의 장수가 되었습니다. 그가 힘을 갖자 주위에 사람들이 모여들기 시작했습니다. 그중에는 간신도 있었습니다. 간신들은 온갖 아첨으로 무사의 귀를 간지럽혔습니다. 무사의 마음은 점점 탁해졌고 탐욕이 불타올랐습니다.
무사는 결국 반란을 일으킵니다. 처음에는 싸움에서 이기다가 점점 밀리더니 결국 반란이 진압됩니다. 무사는 부상당

한 채로 붙잡혀서 형장의 이슬로 사라지게 됩니다. 죽기 직전
에 무사는 이 말을 남겼다고 합니다.

"눈을 감고서도 깃털을 자르는데 정작 눈을 뜨고서도 욕심
은 자르지 못했네."

어느 심리학자가 이런 연구를 했다고 합니다.

'왜 사람들은 성공한 뒤에 어이없는 실수를 저지를까?'

그는 여러 자료를 토대로 상당히 설득력 있는 결론을 제시
했습니다. 결론인즉, 성공에 취해 시야가 좁아지고 아집에 빠
져 판단력이 흐려지기 때문이라고 합니다.

"잘나갈수록 겸손하고 길이 편할수록 살펴보라."

이걸 머리로는 아는데 실천하기는 참 어렵습니다.

몰라서 실수하고, 알면서도 저지르고,

일이 터져야 후회하고, 그제야 정신 차리는 것이

인간의 오랜 숙제입니다.

문득 이런 글이 떠오릅니다.

"교만의 신이 너의 눈을 가릴 때 기억하라.

그 앞에 구덩이가 있음을."

진짜 부자 되기

장사를 하다 폭삭 망한 자영업자가 있었습니다. 열심히 하면 뭐라도 되겠지 싶어 치열하게 살았는데 손대는 족족 망했다고 합니다. 하루는 술을 마시다가 이런 생각이 들더랍니다.

'팔자라는 게 있을까? 운명이라는 게 있을까? 내가 이렇게 열심히 하는데도 성공을 못 하는 이유가 혹시 팔자 탓일까?'

장사도 망했고 놀면 뭐하나 싶어 곧바로 역술 공부를 시작했습니다. 몇 년 동안 꾸준히 공부했더니 입이 트이더랍니다. 심심풀이 겸 공부 삼아서 주변 사람들을 상담해주자 용돈 벌이가 되더랍니다. 그래서 본격적인 역술가의 길을 걷게 됩니다.

많은 사람을 상대하면서 내공이 쌓이고 노하우가 생기자 소문이 나서 손님이 늘었습니다. 그중에는 이름난 기업가도 있었습니다. 그런데 큰 성공을 거두고 세상 편해 보이던 그들도 저마다 근심이 가득하더랍니다. 그래서 이런 생각을 했다죠.

'없는 사람은 없는 만큼 괴롭고, 가진 사람은 또 가진 만큼 괴롭구나.'

그래도 이왕 괴로울 거 가져보고 괴로웠으면 좋겠다고요? 맞습니다. 없어서 괴로운 것보다는 가져보고 괴로운 것이 더 좋을 것도 같습니다.

그런데 '가진다는 것'은 끝이 없는 블랙홀 같습니다. 1억 가진 사람은 10억 가진 사람을 부러워하고, 10억 가진 사람은 100억 가진 사람을 부러워합니다. 어떤 분이 100억 자산가를 만났는데 자기는 가진 게 별로 없다고 한탄하더랍니다.

법당에서 108배를 한 뒤에 시원한 바람을 맞으며 차를 우려 마십니다. 아무리 생각해도 이 순간만큼은 제가 제일가는 부자 같습니다. 오래전에 유행했던 광고가 떠오릅니다.

"여러분~ 부자 되세요~!"

저는 여기에 딱 한 단어만 더하면 훨씬 좋을 것 같습니다.

"여러분~ 마음 부자 되세요~!"

부서질 때
크게 깨어난다

옛적에 먹물깨나 묻힌 젊은 유생이 조각배를 타고 강을 건너고 있었습니다. 심심했던 그는 늙은 사공에게 짓궂은 농을 던졌습니다.

"자네는《논어》와《맹자》를 읽어보았는가?"

사공이 웃으며 대답합니다.

"읽지 못했습니다."

"쯧쯧, 그 나이 되도록 성인의 말씀도 보지 못했는가?"

유생이 다시 묻습니다.

"《소학》과《당시唐詩》는 읽어보았는가?"

사공이 웃으며 대답합니다.

"그것도 읽지 못했습니다."

"아니, 삼척동자도 읽는 것을 아직도 못 봤는가?"

유생이 혀를 쯧쯧거리며 다시 묻습니다.

"그럼 천자문은 떼었는가?"

"본 듯도 한데 가물가물합니다."

유생이 버럭 소리를 지르며 늙은 사공을 타박합니다.

"이 사람아, 도대체 평생 배운 게 무엇인가?"

그때 갑자기 먹구름이 몰려오더니 강풍이 몰아치며 조각배가 요동칩니다. 유생이 기겁하자 사공이 짓궂게 농을 던집니다.

"나으리, 배가 뒤집힐 것 같습니다. 헤엄칠 줄 아십니까?"

유생이 다급히 대답합니다.

"모르오! 헤엄칠 줄 모르오!"

사공이 빙그레 웃으며 말합니다.

"아까 저에게 평생 배운 게 무엇이냐고 하셨지요? 생각해보니 제가 헤엄만큼은 자신 있게 배웠습니다."

젊은 유생은 먼 훗날 이름난 학자가 되어 후학을 양성했습니다. 그가 후학들에게 늘 당부한 말이 있습니다.

"내 인생의 가장 큰 스승은 강을 건네주던 뱃사공이었다. 명심해라. 너희가 아는 것만이 전부가 아니다. 젊은 날 강가에 몰아친 바람을 맞으며 내가 배운 모든 학문이 부서지는 것을 경험했노라. 너희들에게 크게 부서질 것을 권하노라. 한번 크게 부서질 때마다 한번 크게 깨어날 것이다."

타인의 시선

소년은 얼굴에 난 큰 점이 부끄러웠습니다. 큰 점 때문에 친구들과 어울리지도 못하고 밖에 나가는 것조차 두려웠습니다.

소년은 늘 신에게 기도했습니다.

"제발 얼굴에 난 점을 없애주세요."

어느 날 소년은 남몰래 숲에 들어가 혼자만의 시간을 보냅니다. 그때 어디선가 이상한 소리가 들립니다. 소리를 따라가 보니 놀랍게도 전설 속의 요정이 덫에 걸려 있습니다. 소년은 날개 달린 작은 요정을 덫에서 놓아줍니다.

다시 날게 된 요정이 소년에게 묻습니다.

"소원이 있니? 나를 살려줬으니 네 소원을 들어줄게."

"내 얼굴에 난 이 점을 없애줄 수 있어?"

요정은 잠시 고민하는 듯하더니 흔쾌히 대답합니다.

"소원을 들어줄게."

요정은 자신의 날개에서 가루를 한 움큼 털어내더니 그것을 소년의 얼굴에 뿌립니다.

"자, 이제 점이 보이지 않을 거야."

이 말을 남기고 요정은 사라집니다.

소년은 무언가에 홀린 느낌입니다. 혹시나 하고 냇물에 얼굴을 비춰봅니다. 오, 맙소사! 놀랍게도 얼굴에 난 점이 보이지 않습니다.

그 후 소년은 밝고 적극적인 성격으로 변했으며 친구들과도 어울리기 시작했습니다. 착한 심성으로 주변 사람들로부터 인정받고, 한 소녀와 알콩달콩 연애도 합니다.

시간이 흐른 어느 날 아침, 소년은 거울을 보다가 비명을 지릅니다. 그토록 부끄러워했던 큰 점이 얼굴에 다시 나타난 것입니다.

'사람들이 나를 비웃고 멀리할 거야.'

다시 외롭고 어두운 혼자만의 세계에 갇힐 거라고 생각하자 몹시도 두려웠습니다.

소년은 울면서 숲으로 뛰어갑니다. 그리고 애타게 요정을 찾습니다. 요정이 나타나자 소년은 외칩니다.

"내 얼굴에 점이 다시 생겼어. 어서 없애줘. 제발 부탁이야."

요정은 소년을 그윽하게 쳐다보며 말합니다.

"난 사실 네 얼굴의 점을 없애지 않았어. 내 능력으로는 점을 없앨 수가 없단다."

"아냐. 네가 날개에서 털어낸 가루를 내 얼굴에 뿌린 후로 점이 사라졌어."

"아이야, 진실을 말해줄게. 사실은 네 눈에 점이 보이지 않도록 최면을 걸었던 거야. 너에게만 안 보였을 뿐이지 점은 항상 있었단다. 그게 진실이야."

소년은 얼굴의 점이 사라졌다고 착각한 후에 일어났던 일들을 떠올립니다. 그리고 확실히 깨닫습니다. 사람들에게 인정받고 좋아하던 소녀와 사랑에 빠진 것은 얼굴의 점이 사라져서가 아니라, 사람을 대하는 자신의 모습이 달라졌기 때문이라는 것을. 사람들은 소년이 혹시 상처받을까 봐 얼굴에 있는 점 이야기는 전혀 꺼내지 않았던 거죠.

소년은 당당하게 마을로 돌아갑니다. 이제 얼굴의 큰 점을 있는 그대로 받아들입니다. 그리고 결심합니다. 자신의 작은 단점인 점에 연연하지 않는 대신, 자신의 큰 장점인 따스한 마음으로 사람들을 더욱 사랑하겠다고.

이야기는 여기서 끝이 납니다. 전해지지 않는 소년의 뒷이야기를 상상해보면 절로 미소가 지어집니다. 아마도 소년은 사람들을 사랑하고 또 사랑받으며 행복하게 살았겠죠.

세상에 완벽한 사람은 없습니다.
세상에 단점 없는 사람은 없습니다.

사람들은 사실 당신이 생각하는 것만큼
당신에게 큰 관심이 없답니다.
타인의 시선을 너무 의식하지 마세요.

걱정하지 말고 세상에 나가세요.
그리고 사랑하세요. 먼저 사랑하세요.
그 사랑의 결과가 선물로 돌아올 것입니다.

인간은
착각 덩어리

글을 읽으면서 상상해보세요.

실험자가 지도를 들고 길에 나와 있습니다. 지나가는 사람을 붙들고 지도를 보여주면서 길을 알려달라고 부탁합니다. 행인이 길을 알려주려 할 때 눈앞에 큰 나무판을 든 사람들이 우르르 지나갑니다. 그 순간 지도를 든 실험자를 비슷하게 생긴 사람과 바꿔치기합니다. 행인은 눈앞에 있던 실험자가 바뀌었다는 것을 전혀 알아차리지 못합니다.

이와 같은 반복적인 실험을 통해서 다음과 같은 결론을 얻게 됩니다.

'우리의 뇌는 생각보다 변화를 섬세하게 감지하지 못한다.'
이것이 유명한 '변화맹' 실험입니다.

비슷한 실험 결과가 또 있습니다.
실험자를 앉혀놓고 모니터로 그림을 보여줍니다. 그리고 그림의 모양과 색깔을 조금씩 바꿔갑니다. 이때 모니터를 보는 사람은 그림의 모양과 색깔이 조금씩 변한다는 사실을 알아차리지 못합니다.
우리는 무언가를 눈으로 보고 귀로 들었을 때 그 정보를 또렷하게 기억한다고 믿습니다. 하지만 나중에 그 상황을 떠올렸을 때, 상당히 많은 부분을 왜곡되게 기억하여 실수를 저지르기도 합니다. 변화맹 실험은 우리의 인지 능력이 생각보다 훨씬 불완전하다는 것을 일깨우며 겸손한 마음을 갖게 합니다.

심리학에서는 말합니다.
'인간은 기본적으로 자기가 관심 없는 것은 제대로 보지 못한다.' 한마디로 '내가 보고 싶은 것만 본다'는 말입니다. 그렇기 때문에 수많은 착각 속에서 사는 거죠.
저도 제 기억을 확신하고 강하게 주장했다가 창피와 곤란을 당한 적이 꽤 있습니다. 참 신기합니다. 분명히 이거라고 확신했는데 나중에 찾아보면 제가 엉뚱하게 기억하고 있는 겁니다. 그 후로 제 주장을 펼칠 때 전보다 신중합니다. 덕분에 예전보다 사람이 겸손해진 것 같다는, 기대하지도 않은 칭찬도 받았습니다.

우리의 마음은 끊임없이 무언가를 판단하도록 지시합니다. 어떤 판단을 내려야 할 때 우리는 자신이 보고 듣고 느낀 것들을 분석하고 종합합니다. 그런데 문제는, 내가 보고 듣고 느낀 것이 정확하지 않다는 거죠. 앞에서 본 변화맹 실험처럼 아주 쉽게 착오를 저지릅니다.

뇌는 늘 속고 있습니다. 인간의 가장 정교한 정보 처리 기관인 뇌가 이토록 허술하다는 사실에 한숨이 나옵니다. 그리고 스스로 되묻게 됩니다.

"지금까지 얼마나 많은 착각 속에서 살아왔던가?"

불완전하고 허술하고 빈틈 많은 뇌에 속지 않으려면 어떻게 해야 할까요? 답은 '성찰'입니다. 끊임없이 자신에게 실문을 던져야 합니다.

"제대로 보았는가? 제대로 들었는가? 제대로 생각하고 있는가?"

이 물음들을 가슴에 품고 사유하고 성찰한다면, 비록 완벽
하진 않더라도 그만큼 실수를 줄일 수 있습니다.

우리는 스스로 납득해야 합니다.
'난 완전한 존재가 아니다.'

그리고 스스로 인정해야 합니다.
'난 실수하는 존재이다.'

그래서 스스로 노력해야 합니다.
'난 바르게 알아차리고 있는가?'

오늘도 허리를 세우고 앉아
실수 많았던 하루를 돌아보며
더 나은 내일을 위해
마음의 창을 묵묵히 닦습니다.

[정화 명상]
상처받은 기억이 떠오를 때

게을러서 혹은 바빠서 청소를 미루다 보면

방 안에 먼지가 쌓이고 냄새가 납니다.

뒤늦게 주위를 둘러보면 방이 엉망진창입니다.

건강을 위해서라도 방을 청소해야 합니다.

그런데 방 청소보다 더 중요한 것이 있습니다.

바로 마음을 청소하는 일입니다.

더러운 방 안에 세균이 가득하듯이

마음에 찌꺼기가 가득하면 정신 건강이 무너집니다.

이 방이 더러우면 저 방으로 가면 됩니다.

그러나 마음은 평생 안고 가야 합니다.

이것이 마음을 청소해야 하는 이유입니다.

누구나 살면서 몇 번은 마음에 상처를 입습니다.

상대적으로 가벼운 아픔도 있고,

떠올리기조차 싫은 아픔도 있습니다.
슬픈 일, 찝찝한 일, 답답한 일, 괴로운 일…….
마음에는 수많은 감정의 흔적이 새겨집니다.

상처와 아픔은 어서 잊고 싶습니다.
생각하면 괴로우니 자꾸 잊으려 합니다.
스스로를 보호하기 위해 상처와 아픔을 억압하며
마음 깊숙한 곳에 꾹 밀어넣습니다.
그러고는 다 잊었다고, 이제 괜찮다고 위안합니다.

하지만 마음은 그렇게 단순하지 않습니다.
괴로움을 잊는다는 점에서 억압이 좋아 보일 수도 있습니다.
하지만 더욱 곪아서 밖으로 터져버릴 수 있습니다.
억눌린 감정이 꽉 차오르면 언젠가 뻥 솟구칩니다.

방을 청소하듯 마음을 청소해야 합니다.
지금부터 제가 마음을 청소하는 법을 알려드리겠습니다.

우선 편안하게 앉습니다.
책상다리를 하든지 의자에 앉든지 상관없습니다.

단, 허리를 반듯하게 펴야 합니다.

편안하게 심호흡하며 호흡을 다스립니다.

힘들거나, 괴롭거나, 아픈 기억을 떠올려봅니다.

피하지 마세요. 숨지 마세요.

용기를 가지고 당당히 바라보세요.

숨을 들이쉬고 숨을 내쉽니다.

자신의 마음속 상처를 바라봅니다.

그리고 마음속으로 속삭입니다.

'나는 지금, 나의 상처와 아픔을

있는 그대로 받아들이고 이해하고 허용합니다.'

다시 마음속 상처와 그 느낌을 바라봅니다.

그리고 마음속으로 속삭입니다.

'나는 지금, 나의 상처와 아픔을 피하지 않습니다.

있는 그대로 받아들이고 이해하고 허용합니다.'

이 과정을 몇 번 반복해보세요.

많이 할수록 좋지만 힘들면 한두 번만 해도 됩니다.

단 한 번이라도 시도하는 것이 핵심입니다.

마지막에는 이렇게 속삭여봅니다.

'나는 나를 사랑합니다.
나는 나를 아주 사랑합니다.
나는 나를 진심으로 사랑합니다.
나를 사랑하는 것처럼 남을 사랑하고 아끼겠습니다.'

여러분이 만약 '정화 명상'을 꾸준히 실천하여
마음이 가벼워지거나 따뜻한 느낌이 들거나
고요해지거나 눈물이 흘러내린다면
그것은 마음이 정화되어가고 있다는 증거입니다.

당신은 점점 나아지고 있습니다.
당신의 마음이 행복하기를 바랍니다.
진심으로.

6장

감정도 습관이랍니다

사람은 감정의 동물입니다.

반복적인 감정은 마음에 자국을 남기고,

그 자국들은 한 사람의 일생에 큰 영향을 끼칩니다.

누가 이길까

할아버지가 손자에게 묻습니다.

"너에게 두 마리의 늑대가 있단다. 한 마리는 하얀 늑대, 한 마리는 검은 늑대야. 두 마리가 싸우면 누가 이길까?"

손자는 고개를 갸우뚱하며 한참을 고민합니다. 이윽고 할아버지가 답을 말해줍니다.

"네가 먹이를 준 늑대가 이긴단다."

우리는 마음속에 자신만의 늑대를 키웁니다.

하얀 늑대와 검은 늑대.

두 마리 늑대는 늘 으르렁대며 서로를 노립니다.

우리 마음은 긍정과 부정 사이에서
아슬아슬 줄타기를 합니다.
두 마리 늑대 사이에서 갈피를 놓치고 방황할 때도 있죠.

하지만 명심하세요.
늑대를 기르는 사람은 '나'입니다.
내가 늑대의 주인입니다.
어린 늑대를 이제껏 키운 것은 '나'입니다.
늑대를 두려워 마세요. 늑대의 주인은 바로 '나'입니다.

당신의 마음속 늑대를 바라보세요. 관찰하세요.
그리고 어느 늑대에게 먹이를 줄지 명확히 판단하세요.
늑대를 키운 것도 '나', 늑대의 주인도 '나'입니다.
마음에 속지 마세요.
내 마음을 다스리는 주인은 오직 '나'뿐입니다.

지금, 자신에게 물어보세요.
'나는 어느 늑대에게 먹이를 주고 있는가?'

어떤 눈으로
바라보나요

어디선가 들은 이야기입니다.

어떤 남자가 우울증세로 고생하다가 의사를 찾아갔습니다. 의사는 그에게 이런 처방을 내놓았습니다.

"감사한 일을 하루에 다섯 가지 이상 노트에 적으세요. 우울증을 완화하는 데 큰 효과가 있을 겁니다."

남자는 의사의 조언대로 매일 다섯 가지 이상 감사한 일을 노트에 적으려고 애썼습니다. 그런데 아무리 생각해봐도 감사할 일이 떠오르지 않습니다. 억지로 쥐어짜서 적긴 했지만 도무지 마음에 와닿지 않는 일입니다.

며칠이 지난 어느 날, 남자는 공원을 걷습니다. 발밑이 물컹해서 내려다보니 누가 먹다 버린 아이스크림을 밟았습니다. 순간 짜증이 폭발합니다.

"이것 보라고! 내 주제에 감사할 일이 어떻게 다섯 가지나 되겠어!"

마구 분통을 터뜨리고 걸음을 옮기려는데 눈앞에 개똥이 딱 보입니다. 순간 남자는 자기도 모르게 중얼거립니다.

"어휴, 개똥을 안 밟아서 다행이다."

그때 가슴속에 불꽃이 팍 일어납니다. 남자는 집으로 달려가 노트를 펼치고 이렇게 적습니다.

'개똥 대신 아이스크림을 밟아서 감사합니다.'

남자는 순간 마음이 편안해지는 것을 느낍니다.

그 뒤로 감사할 일이 점점 많아집니다. 짜증스럽기만 했던 일상이 감사할 일이 많은 하루하루로 변해갑니다.

'햇살이 따스해서 감사합니다.'

'비가 오니 시원해서 감사합니다.'

'따뜻한 밥을 먹을 수 있어서 감사합니다.'

'편하게 숨을 쉴 수 있어서 감사합니다.'

남자는 그 후 우울증에서 완전히 벗어났다고 합니다.

세상은 원래 그 자리에 있습니다.
인생은 원래 그 자리에 있습니다.
수많은 고민과 갈등과 문제는 원래 그 자리에 있습니다.

원래 있는 그 자리에서 당신은
어떤 눈으로 그것을 바라보고 있나요?
늘 말씀드리지만, 선택은 당신의 몫이랍니다.

사라짐에
관한 단상

한 아가씨가 있었습니다. 그녀는 한 남자를 만나 사랑에 빠졌습니다. 정말로 그 남자를 사랑했고 뜨겁게 불타올랐죠.

하지만 맹세코 영원할 거라고 믿었던 사랑은 변했고, 진정코 함께할 거라고 믿었던 사람은 변했습니다. 그녀는 슬퍼했고 분노했고 좌절했습니다. 괴로움에 몸부림쳤습니다.

너무나 고통스럽던 그때 어느 스님을 만났습니다. 스님이 절을 해보라고 권합니다. 절을 하면 몸이 아프고, 몸이 아프면 차라리 마음은 편할 거라고 합니다.

그녀는 절을 시작했습니다. 다리가 아프면 조금 쉬고, 졸리면 조금 자고, 그렇게 부지런히 절을 했습니다. 몸이 고단하니 오히려 마음은 편안했습니다. 처음에는 절을 몇십 배 하다가 시간이 지나자 몇백 배, 몇천 배를 할 정도가 되었습니다.

실컷 절한 뒤에 녹초가 되어 쉬고 있던 어느 날입니다. 온몸이 땀으로 범벅이 되어 손가락 하나 까딱할 힘도 없는데 정신만은 또렷또렷 빛나는 것을 처음 느껴봅니다.

문득 빗소리가 들립니다. 살며시 눈을 뜨고 창을 보니 비가 내립니다. 창가에 부딪히는 빗방울이 유리를 희롱합니다. 멍하니 창문을 바라보던 그녀는 비로소 깨닫습니다. 자신의 괴로움은 스스로 만들고 놓지 못했던 집착이었음을.

그녀는 이제 차마 놓지 못했던 그것을 놓아버립니다.
이제 자신의 행복을 선택합니다.
이제 진정으로 편안해질 준비가 됐습니다.
괴로움도 자신의 몫, 평온함도 자신의 몫이었던 겁니다.

그녀가 말합니다.

비가 온다.
유리창 위

톡!
하고
묻는다.

그리고
해가 뜨면
어느새 사라진다.
사라질 것이
그냥 사라졌을 뿐.

원래부터 없었구나.
집착할 것이
원래부터 없었던 거구나.

세상은 원래 그 자리에 있습니다.
인생은 원래 그 자리에 있습니다.
수많은 고민과 갈등과 문제는
원래 그 자리에 있습니다.

원래 있는 그 자리에서 당신은
어떤 눈으로 그것을 바라보고 있나요?

지금 이 순간의 일

소년이 있었다.

초등학교에 입학했다.

쪽지시험을 봤다. 망쳤다.

소년은 생각했다.

다음 시험에는 꼭 공부 열심히 하자.

그러나 다음 시험도 망쳤다.

공부를 안 했기 때문이다.

그렇게 중학교에 올라갔다.

중간고사를 봤다. 망쳤다.

소년은 생각했다.

기말고사 때는 꼭 공부 열심히 하자.

그러나 기말고사도 망쳤다.

공부를 안 했기 때문이다.

그렇게 고등학생이 되었다.

중간고사를 보고 기말고사를 봤다.

시험을 볼 때마다 결심했다.

다음 시험에는 꼭 공부 열심히 하자.

그러나 대학에 떨어졌다.

공부를 안 했기 때문이다.

재수를 하면서 또 다짐했다.

이번 수능은 진짜 열심히 하자. 진짜로!

그러나 또 망쳤다.

공부를 안 했기 때문이다.

마음에 안 드는 대학을 겨우 졸업하고

뭘 할까 고민하다 친구 따라 공무원 시험을 봤다.

역시 망쳤다.

공부를 하긴 했는데 열심히 안 했기 때문이다.

부모님 눈치도 보이고 해서
일단 닥치는 대로 일을 했다.
일을 하면서 속으로 별렀다.
'난 이런 일을 할 사람이 아니야.
난 앞으로 큰일을 할 사람이야.
지금은 잠시 경험을 쌓는 것뿐이야.'

그런데 문제가 생겼다.
순간순간 최선을 다하지 않았기에
사람들에게 신뢰를 얻지 못했다.
좋은 일자리가 나왔을 때 추천에서 밀려버렸다.
믿음을 주지 못했기에 기회조차 오지 않았다.
그래서 세상을 한탄했다.

어찌어찌 살다가
나이 들어 죽을 때가 되었다.
노인이 된 그는 죽기 직전에 글을 남겼다.

'다음 시험은 잘 봐야지' 미루지 말았어야 했다.

'다음 수능은 준비를 잘해야지' 미루지 말았어야 했다.

'다음에 좋은 직장을 잡아야지' 미루지 말았어야 했다.

'다음에 더 잘해야지' 미루지 말았어야 했다.

그런데 지금 이 순간에도 나는

'다음 생'을 생각하며 미루고 있구나.

지금 이 순간일 뿐이다.

진짜 행복을
찾고 있다면

행복은 무엇일까요?

행복의 진정한 의미는 무엇일까요?

때로는 아무런 감흥조차 없는 평범한 일상이

어쩌면 최고의 행복일 수도 있습니다.

중년의 주부가 있었습니다. 평범한 남편, 평범한 자녀, 평범한 하루하루……. 어느 날 그녀에게 충격적인 소식이 전해집니다. 건강검진 결과 유방암 진단을 받은 것입니다.

평범했던 날들이 무너졌습니다. 병원에 입원해 수술을 받고, 가족과 지인들의 위문을 받았습니다. 날벼락 맞은 듯 멍한 상태로 있다가 비로소 호흡을 가다듬어 생각을 정리할 여유가 찾아왔습니다.

그녀는 생각합니다. 그동안 자신의 삶과 자신의 모습을. 식구들을 위해 이것저것 정성스럽게 차린 식탁, 깨끗하게 세탁해서 보송보송 말라가는 옷가지들, 친구들과의 유쾌한 수다, 주말 저녁 식구들과 구워 먹던 삼겹살……. 하얀 병실에 누운 그녀가 눈물을 흘립니다.

'그 모든 평범한 일상이 그냥 그대로 행복이었구나. 모르고 지나갔던 평범한 하루하루가 그냥 그대로 행복이었구나. 멀리서 찾았던 행복이란 것이 항상 나와 함께 있었구나.'

그녀는 다짐합니다. 예전 같은 일상으로 다시 돌아갈 수 있다면, 그 심심하고 밋밋했던 평범한 일상 속에서 하루하루 최고의 행복을 누리며 감사히 살겠다고.

치료를 받고 건강을 회복한 그녀는 일상으로 돌아갔습니다. 다시 남편과 아이들을 위해 식사를 준비하고 친구들을 만나 수다를 즐깁니다. 그리고 봉사 활동도 시작했습니다.

일상으로 돌아온 그녀에게 한 가지 변화가 생겼습니다. 친한 사람들에게 잔소리가 많아졌습니다. 그 잔소리는 매번 똑같은 내용입니다. 미소 띤 얼굴로 그녀는 말합니다.

"진짜 행복이 뭔지 아니?
지금이 행복이야. 이게 행복이야.
멀리서 찾지 마.
웃을 수 있는 이 순간이 진짜 행복이야."

깨어 있게 하는
삶의 기술

나무꾼이 길을 가다 큰 은덩이를 주웠습니다. 나무꾼은 무거운 은덩이를 지게에 지고 집으로 향합니다.

마을이 보이는 고갯길을 지날 즈음, 땅바닥에 떨어진 금덩이를 발견합니다. 오늘 웬 횡재냐 싶어서 금덩이를 들어보니 간신히 들 수 있을 만큼 무겁습니다. 은덩이와 금덩이를 모두 지고 갈 수 없자 나무꾼은 고민합니다.

'둘 중 무엇을 가져갈까?'

나무꾼은 선택합니다. 은덩이를 가져가기로!

'여기까지 은덩이를 지고 온 노력이 너무 아깝잖아.'

나중에 사람들이 이 이야기를 듣고 나무꾼을 비웃습니다.

"훨씬 값어치 있는 금덩이를 놔두고 은덩이를 가져왔다네. 참 어리석은 사람이지."

금덩이를 놔두고 은덩이를 지고 온 나무꾼은 어쩌면 우리일지도 모릅니다. 우리도 가끔 이런 아집에 빠지곤 합니다. 때때로 더 좋은 기회가 찾아와도 미련을 버리지 못합니다.
'내가 여기까지 오느라 얼마나 고생했는데.'
그리고 스스로 합리화합니다.
'이제 충분히 할 만한데 뭐하러 힘들게 바꿔.'
창의적이고 신선한 영감과 새로운 기회를 우리는 이런 식으로 흘려보내곤 합니다. '익숙함'이라는 아집과 관념에 젖어 있기 때문입니다. 익숙함에 속아서 내 앞에 찾아온 더 나은 기회를 놓쳐버리지는 않았는지 겸허히 돌아봐야 합니다.

많은 사람들이 질문합니다.
"어떻게 하면 익숙함에서 벗어나 창조적인 생각을 키울 수 있을까요?"
한 시대를 풍미하고 유행을 선도했던 사람들이 한결같이 해준 조언이 있습니다. 바로 '독서'입니다. 독서를 통해 얻는 풍부한 지식과 사고력은 우리의 뇌를 자극합니다. 그리고 요새 독서 못지않게 각광받는 기술이 있습니다. 바로 '명상'입니다. 마음을 쉬어주는 명상을 꾸준히 하면 비움 속에서 통찰력이 계발됩니다.

독서와 명상은 이미 수많은 학자들이 검증한 아주 훌륭한 삶의 기술입니다. 이 기술은 우리의 뇌와 가슴을 끊임없이 두드려 깨어나게 합니다. 내면을 갈고닦아 익숙함에 끌려가지 않는 사람은 저 나무꾼이 놓친 금덩이보다 값진 선물을 얻을 것입니다.

깨어나고자 하는 여러분에게 독서와 명상을 권합니다.

무너지지 않게
하는 힘

남아프리카공화국 최초의 흑인 대통령 넬슨 만델라Nelson Mandela는 세상이 존경하는 위대한 지도자입니다. 그의 삶은 고통의 연속이었죠. 인권을 지키기 위한 정치 투쟁을 하며 많은 것을 희생해야 했습니다.

만델라는 44세 때 감옥에 끌려간 뒤로 27년 동안 수감생활을 합니다. 면회는 몇 개월에 한 번이었고, 그나마 편지도 한 통밖에 허용되지 않았습니다. 간수들은 끊임없이 그를 구타하고 모욕하며 인권을 짓밟았습니다. 게다가 40도가 넘는 사막에서 강제노동에 시달려야만 했습니다.

감옥에 있는 동안 어머니와 큰아들이 세상을 떠납니다. 아내와 딸들은 황량한 곳으로 쫓겨나 핍박을 받습니다. 감옥에서 겪는 일들과 밖에서 들려오는 소식들은 만델라를 절망으로 내몰기에 충분했습니다. 하지만 그는 무너지지 않았습니다.

　어느 날 아내가 감옥에 갇히게 되어 만델라에게 조언을 구합니다.

　"제가 어떻게 해야 할까요?"

　만델라는 아내에게 말했습니다.

　"감옥의 독방은 나를 성찰하는 데 도움이 돼요. 단점을 극복하고 장점을 키울 수 있는 기회죠. 매일 밤 잠들기 전에 15분씩 명상을 한다면 좋은 결과가 있을 거예요. 처음에는 어려울 수 있지만 멈추지 않고 계속하면 꼭 보상을 받을 거예요."

　그에게 감옥이란 자유를 억압하는 지옥이 아니라 내면을 닦는 수행처였습니다. 고통의 세계가 아니라 자신을 닦아나간 성찰의 도량이었습니다.

　만델라가 투옥된 지 14년이 지난 어느 날, 오랫동안 만나지 못했던 장녀가 찾아왔습니다.

　"편지로 부탁드렸던 손녀의 이름은 생각해보셨어요?"

작은 소녀에서 어머니가 되어 찾아온 딸에게 아버지 만델라는 말없이 쪽지를 내밀었습니다. 쪽지를 펴본 딸은 손으로 얼굴을 감싸고 울음을 터뜨렸습니다. 아버지가 내민 쪽지에는 한 단어가 적혀 있었습니다.

'아즈위Azwie.'

'희망'이란 뜻입니다.

사람들은 말합니다.

세상 사는 게 너무 힘들다고,

인생이 너무 고달프다고.

힘들고 고달픈 세상에서 우리는

어떤 마음으로 살아가야 할까요?

삶이 너무 힘들고 괴로운 분들에게

이런 위로가 얼마나 도움이 될지 모르겠습니다.

하지만 꼭 말씀드리고 싶습니다.

희망은 있습니다. 당신의 삶을 응원합니다.

마음은
청개구리

청개구리는 엄마 속을 썩이는 불효자였습니다. 항상 엄마가 시키는 것과 반대로 하는 별난 개구리였죠. 말을 안 듣는 아들을 보면서 엄마는 지쳐갔고, 죽을 때가 되자 아들에게 마지막으로 부탁합니다.

"아들아, 엄마가 죽거들랑 꼭 냇가에 묻어다오."

사실 양지바른 산에 묻히고 싶었지만 아들이 늘 반대로만 행동하니 일부러 냇가에 묻어달라고 한 거죠.

엄마가 숨을 거두자 아들은 그제야 엄마 속을 썩인 것을 후회합니다. 그리고 다짐합니다. 엄마의 유언을 꼭 따르기로.

청개구리는 냇가에 엄마를 묻어줍니다. 그리고 비가 오는 날이면 엄마 무덤이 물에 떠내려갈까 봐 개굴개굴 서럽게 울었답니다.

어렸을 때는 이 이야기를 듣고 청개구리가 불쌍했습니다. 나이 들어 다시 생각해보니 엄마가 참 안됐습니다. 지독하게 말을 안 들어 냇가에 묻어달라고 유언했는데 그 말은 하필 곧이곧대로 듣고 냇가에 무덤을 만들다니. 요새 애들 말로 대환장 파티입니다.

그런데 참 희한한 일이긴 합니다. 엄마가 공부하라고 하면 이상하게 공부하기가 싫어집니다. 책상에 책을 펴놓고 폼을 잡았는데 "너 이제 공부 좀 해라" 하면 공부하려던 마음이 싹 달아납니다. 참 이상합니다. 하지 말라면 하고 싶고, 하라면 또 하기 싫어질 때가 있습니다. 반대로 심보를 쓰고 싶은 이 마음속에는 청개구리가 살고 있나 봅니다.

이와 비슷한 이야기가 '아담과 이브의 선악과 사건'일 것입니다. 하나님이 먹지 말라고 분명히 경고했는데 이브는 굳이 먹자고 덤벼듭니다. 물론 뱀이 유혹했기 때문이지만.

선악과는 '금지된 과일'입니다. 그런데 사람은 뱀이 유혹하지 않아도 '금지된 과일'에 자꾸 끌립니다.

학교에서 단정하고 짧은 머리가 규칙인데 괜히 머리를 길러 노랗게 염색하고 싶습니다. 선생님이 담배 피우지 말라는데 꼭 피우는 애들이 있습니다. 미성년자 출입금지 구역인데 괜히 얼쩡거려봅니다. 불륜이 잘못임을 알면서도 몰래 하는 연애가 짜릿합니다. 의사가 살 빼라고 신신당부했는데 죽어도 야식은 챙겨 먹어야 합니다.

금지된 것을 더욱 갈망하는 이런 심리를 전문용어로 '리액턴스reactance'라고 한답니다.

사람에게는 기본적으로 억압과 금지에 강하게 반발하고 저항하는 심리가 있습니다. 그래서 때로는 집단을 불안하게 할 정도로 고집불통인 반항아가 나타나기도 합니다.

하지만 긍정적인 측면도 있습니다. 독재에 맞서는 투쟁, 인권을 지키려는 노력, 억압된 틀을 부수는 예술적 표현 등이 그러합니다. 지금 우리가 누리고 있는 민주주의의 많은 장점이 사실은 '청개구리 심보'에서 비롯되었다고 해도 과언이 아닐 것입니다.

청개구리 심보는 양날의 칼입니다. 칼은 잘못 쓰면 사람이 다치고, 잘 쓰면 아주 유용한 연장이죠. 사람마다 내면에 숨겨진 청개구리 심보를 어떻게 써야 약이 될까요?

한때 유행했던 광고 중에 이런 것이 있습니다.

"모두가 '예'라고 할 때 나는 '아니오'라고 외친다."

살짝 오글거리는 말이지만 생각해보니 참 명언입니다. 불의를 보고도 모두가 '예'라고 할 때 '아니오'라고 외칠 수 있는 마음이 세상을 변화시키는 신호탄이니까요. 껍질을 깨뜨리고자 하는 혁신적인 마음이 삶을 변화시키는 불꽃이 됩니다.

마음이 어디로 가고 있는지 잘 살펴야 합니다.
금지된 것을 기웃거리고 있진 않은지,
그것이 긍정적인 변화의 몸부림인지
자꾸자꾸 마음을 살펴야 합니다.

여러분의 마음은
폴짝폴짝 어디로 뛰어가고 있나요?

상상은
힘이 세다

미국의 신경학자 광 예Guang Yue 박사는 한 가지 재미난 실험을 합니다.

노인들과 청년들을 모집해 이렇게 당부합니다.

"손에 무거운 걸 들고 있다고 상상하세요. 팔을 절대 움직이지 말고 상상만으로 무거운 것을 들었다가 놓는 동작을 총 50회 반복하세요. 매일 10분씩 하되 오직 상상만 하세요."

실험에 참가한 사람들은 무거운 물건을 반복적으로 들었다 놓는 '상상 근력 훈련'을 시작했습니다. 그렇게 매일 10분씩 4개월간 상상 훈련을 지속한 뒤 이들의 팔 근력을 측정해

봤습니다. 놀랍게도 참가자들의 근력이 약 15퍼센트 향상된 결과가 나왔습니다. 단순히 동작을 상상하는 것만으로도 근력이 강화된 거죠.

하버드대학의 신경학자 알바로 파스쿠알 레오네Alvaro Pascual-Leone 박사의 피아노 '상상 연주' 실험도 유명합니다. 박사는 지금까지 피아노를 쳐본 적이 없는 사람들을 모집해서 세 그룹으로 나누고 각각 다른 내용을 주문합니다.

1번 그룹 : 5일간 하루 두 시간씩 피아노를 연습한다.
2번 그룹 : 5일간 하루 두 시간씩 피아노 연주를 상상만
        한다.
3번 그룹 : 5일간 하루 두 시간씩 의미 없이 건반만 누른다.

5일 뒤 이들의 손가락 움직임을 담당하는 뇌 부위를 검사했더니 결과가 놀라웠습니다. 아무 의미 없이 건반을 누른 그룹은 별다른 변화가 없는 데 비해 매일 피아노를 연습한 그룹은 신경세포가 활발한 것으로 나타났습니다.
더 놀라운 것은 피아노 연주를 상상만 했던 그룹도 실제로 연습한 그룹에 가깝게 뇌가 확연한 변화를 보였다는 사실입

니다. 상상하는 것만으로도 실제와 비슷한 결과를 얻을 수 있다는 것을 과학적으로 증명해낸 거죠.

상상하는 것만으로도 육체와 뇌가 달라집니다.
반복되는 생각의 물줄기가 몸과 마음에
직접적인 영향을 끼치기 때문입니다.
상상은 상상으로만 끝나는 것이 아니었나 봅니다.

지속적인 상상의 힘이
알게 모르게 우리를 변화시킵니다.
긍정적으로 혹은 부정적으로.

여러분은 그동안 무슨 상상을 해왔나요?
그동안 생각이 어디로 향하고 있었나요?

잊지 마세요.
상상은 힘이 아주 세답니다.

최고의 운전사

'플라시보 효과placebo effect'라는 의학 용어가 있습니다. 한자로는 '위약偽藥 효과'라고 하죠. 가짜 약을 먹고는 효능이 있다고 느끼는 현상을 말합니다. 몇 가지 예가 있습니다.

카페인에 예민한 사람에게 카페인이 없는 커피를 주면서 일반 커피라고 속입니다. 커피를 마신 사람은 사실 무카페인인데도 일반 커피를 마셨을 때와 비슷한 반응을 보입니다.

또 다른 예로, 알코올이 전혀 함유되지 않은 과일즙을 주면서 알코올 도수가 있는 술이라고 속입니다. 과일즙을 마신 사람들은 알코올을 전혀 섭취하지 않았는데도 취기가 올랐다고 합니다.

방금 말씀드린 실험은 하나의 사례일 뿐입니다. 일상생활에서 우리는 다양한 위약 효과를 경험합니다.

'간밤에 꿈을 잘 꿨으니 일이 잘 풀리겠지.'

'아침에 미역국을 먹어서 시험을 망칠 거야.'

스스로 만든 근거 없는 생각에 속으면서, 자기가 속고 있다는 사실조차 알아채지 못합니다.

플라시보 효과와 관련된 유명한 사건이 있습니다.

한 남자가 말기암 선고를 받았습니다. 그의 몸에는 야구공만 한 종양이 자라고 있었죠. 주치의는 획기적인 신약이라고 설명하며 환자에게 약을 주사합니다. 주말을 넘기지 못할 거라던 예상과 달리 환자는 급속도로 상태가 호전됩니다. 커다란 종양이 반 이상 녹아버렸고 10일 후에는 퇴원할 정도가 되었습니다. 의사조차 결과를 믿기 힘들다고 했습니다.

그러나 남자는 퇴원한 지 두 달 후에 갑자기 세상을 떠납니다. 자신에게 사용된 신약이 전혀 효과가 없다는 신문 기사를 보고 절망한 나머지 상태가 급격히 나빠져 이틀 만에 사망한 것입니다. 이 남자의 사례는 의학계에서 비상한 관심을 모았다고 합니다.

대만의 비구니 스님 이야기도 들려드립니다.

이 비구니 스님도 암으로 시한부 선고를 받았습니다. 얼마 살 수 없다는 말을 듣고는 평소 존경하던 큰스님을 찾아갑니다.

"스님, 병원에서 제가 얼마 못 산다고 합니다."

큰스님은 이렇게 위로합니다.

"사람은 어차피 죽습니다. 빨리 가느냐, 좀 늦게 가느냐 차이가 있을 뿐이지요. 누구나 한 번은 죽는 것이니 사는 동안 후회 없이 살아야 합니다."

그 말에 용기를 얻은 비구니 스님은 시한부 환자라는 생각을 내려놓습니다. 죽는 날까지 한 점 후회 없이 살겠노라 다짐하고 열심히 공부하며 봉사도 합니다. 그 후 20여 년이 지난 지금까지도 지치지 않고 강의와 저술 활동을 이어가고 있다고 합니다.

플라시보 효과가 모든 사람에게 통하지는 않을 것입니다. 긍정적인 마음을 가진다고 모든 병이 저절로 낫지도 않을 것입니다. 하지만 분명한 것이 있습니다. 생각은 우리 몸에 강력한 영향을 끼친다는 사실입니다.

얼마든지 오래 살 수 있었던 사람도
자기 생각에 무너져 갑자기 세상을 떠납니다.
얼마든지 성공할 수 있었던 사람도
자기 생각에 휩쓸려 큰 패착을 경험합니다.
얼마든지 나아갈 수 있었던 사람도
자기 생각에 넘어져 다시 일어서지 못합니다.

'나'를 움직이고 '나'를 조종하는 것이 마음입니다.
어떤 삶을 살지 선택하는 것도 '나'의 마음입니다.
어디선가 본 듯한 명언으로 마무리해봅니다.

"마음을 잘 다스리는 자야말로 최고의 운전사다."

웃으니까
행복해요

"기뻐서 웃는 게 아니라 웃어서 기쁘다."

어렸을 때 휴게소 화장실에 갔더니 남자 소변기 위에 '오늘의 명언'이란 제목으로 떡하니 붙어 있더군요. 그때 느낌으로 '참 멋진 말이다' 감탄했습니다.

사는 게 퍽퍽하다 보면 좀처럼 웃음이 나지 않습니다. 인상 찌푸리고 다니는 친구에게 "얼굴 펴고 좀 웃어라" 하면 "웃을 일이 있어야 웃지" 퉁명스런 대답이 돌아옵니다.

인생의 무게에 짓눌려 나이 들어갈수록 환한 미소를 보기가 어렵습니다. 하지만 그럴수록 더 웃어야 합니다. 힘들고 지칠수록 웃어야 할 이유가 있습니다.

1960년대 미국의 심리학자 실반 톰킨스Silvan Tomkins는 '안면 피드백 이론'이라는 것을 발표했습니다. '기분이 좋으면 웃음이 나듯이, 반대로 억지로라도 웃으면 기분이 좋아진다'는 내용입니다. 물론 과학적으로도 입증된 유명한 이론입니다.

이 이론에 따르면, 일부러 웃고 억지로 웃다 보면 그 자체만으로도 실제 웃을 때와 비슷한 수준의 화학 작용이 일어납니다.

웃음은 다량의 행복 호르몬을 분출시킵니다. 스트레스를 해소하고 만족감을 불러일으킵니다. 횡경막과 호흡기, 얼굴, 복부, 다리 등 온몸의 근육을 강화합니다. 혈액 속 산소량을 늘리고 면역세포를 활성화합니다. 침샘에서 분비되는 면역단백질도 상승합니다.

어떤 면에서 웃음은 만병통치약에 가깝습니다. 그래서 "최고의 의사는 웃음"이라는 말까지 나왔죠.

뇌과학이 발달하면서 웃음의 효과가 증명되었습니다. 웃음은 뇌와 감정에 직접적인 영향을 미친다는 사실이 밝혀졌습니다.

우리 뇌에는 측좌핵側坐核이라는 부위가 있는데 동기부여와 보상의 느낌을 여기서 결정한다고 합니다. 이 측좌핵의 보상

회로가 활성화하면 기분이 좋아지고 스트레스가 해소됩니다. 측좌핵을 자극하는 버튼이 바로 웃음입니다. 사람의 뇌 구조 자체가 웃음을 통해서 보상을 받게끔 설계되어 있는 거죠.

웃으라고 해서 소리 내어 껄껄 웃을 필요는 없습니다. 그저 입꼬리가 쓰윽 올라가는 느낌으로 미소 짓는 것만으로도 충분합니다. 힘들고 괴로울수록 오히려 웃어야 합니다. 어차피 힘들고 괴로운데 정신 건강이라도 챙겨야죠.

우울하고 슬플수록 웃음 터지는 영화를 찾아봐야 합니다. 우울하다고 슬픔에 잠기면 상황은 더욱 나빠질 뿐입니다.

"입가에 미소를 지으세요."
명상을 배울 때 항상 듣는 말입니다.
명상은 휴식입니다.
얼굴에 미소가 새겨질 때 마음에 평화가 찾아옵니다.
미소는 진정한 감정의 휴식입니다.

어떤 사람이 바빠서 명상할 시간이 없다고 하자
명상 스승이 이렇게 권했다고 합니다.
"하루에 한 번이라도 거울 앞에서 3분만 활짝 웃어보세요.

당신 인생 최고의 명상 시간이 될 것입니다."

힘들고 답답할 때
일그러지는 미간을 잘 알아차리세요.
미간은 복이 담겨 있는 곳이라
찡그릴 때마다 복이 떨어져 나간답니다.

행복해지고 싶다면 자주 웃고 미소 지으세요.
그것이 습관이 되면 어느새 내면 깊은 곳에서
출렁이는 평온한 충만감을 맛보게 될 것입니다.

[미소 명상]
희망과 긍정의 힘이 필요할 때

세상에서 제일 쉬운 명상,

그리고 아주 짧은 명상.

쉽고 짧은 명상법 중에서도 가장 효과가 좋은 명상.

바로 '미소 명상'입니다.

미소를 지으면 뇌가 긍정적인 자극을 받습니다.

미소를 지으면 기분 좋은 호르몬이 생성됩니다.

미소는 또 뇌를 편안하게 해줍니다.

뇌가 편안해지면 마음이 안정되고,

마음이 안정되면 몸이 이완됩니다.

이 상태가 될 때 우리는 행복감을 맛봅니다.

미소 명상은 제가 제일 좋아하는 명상법입니다.

매일 실천하며, 할 때마다 효과를 느낍니다.

그 어떤 우울증 치료제보다도 특효약입니다.

미소 명상도 습관이 중요합니다.

익숙해질수록 효과가 뚜렷하게 나타납니다.

자꾸 해서 익숙해지면 스스로 알게 됩니다.

'이것 참 좋구나.'

자세는 중요하지 않습니다.

앉아서 해도 되고 누워서 해도 됩니다.

먼저, 편안하게 눈을 감습니다.

나중에 익숙해지면 눈을 뜨고 해도 됩니다.

숨을 천천히 들이마시면서 미소를 짓습니다.

과장되게 미소 지어도 좋습니다.

숨을 내쉴 때도 방긋 미소를 짓습니다.

그리고 속으로 외칩니다.

'아, 좋다.'

숨을 들이쉬면서 미소를 짓고

숨을 내쉬면서 미소를 유지하고

속으로 '아, 좋다'라고 외치기.

이것이 미소 명상의 전부입니다.

명상이라고 해서 거창한 걸 떠올리지 마세요.

몸과 마음에 긍정과 휴식을 주는 모든 형태가

명상법이 될 수 있습니다.

책을 보면서 지금 따라 해보세요.

숨을 들이쉬면서 미소를 짓습니다.

숨을 내쉬면서 미소를 유지합니다.

그리고 속으로 외칩니다.

'좋다. 아, 좋다.'

속는 셈치고 딱 열 번만 해보세요.

숨을 들이쉬고 내쉴 때 계속 미소 짓는 것과

'좋다'라는 말만 기억하면 됩니다.

다른 버전도 있습니다.

숨을 내쉴 때 속으로 '감사합니다'를 외치는 겁니다.

또 다른 버전도 있습니다.

숨을 내쉴 때 '평화' 혹은 '행복'을 외치는 겁니다.

대충 감이 오시죠?

숨을 들이쉬고 내쉴 때 미소 지으며

희망적인 단어를 외치는 겁니다.

사람은 감정의 동물입니다.
반복적인 감정은 마음에 자국을 남기고,
그 자국들은 한 사람의 일생에 큰 영향을 끼칩니다.

미소 명상은 아주 짧은 시간에
마음을 긍정의 에너지로 채워줍니다.
어렵지 않습니다.
매일 꾸준히, 짧게라도 자꾸 연습해보세요.
기분 좋은 감정도 습관으로 만들 수 있습니다.

끝으로, 다시 한번 해보겠습니다.
숨을 들이마시며 미소를 짓습니다.
내쉬면서 미소를 짓고 속으로 외칩니다.

'아, 좋다.'
'편안합니다.'
'감사합니다.'
'행복합니다.'

감정도 습관이랍니다

가시를 거두세요

2021년 4월 15일 초판 1쇄 | 2023년 8월 16일 12쇄 발행

지은이 광우
펴낸이 박시형, 최세현

마케팅 양근모, 권금숙, 양봉호, 이주형 **온라인홍보팀** 신하은, 현나래
디지털콘텐츠 김명래, 최은정, 김혜정 **해외기획** 우정민, 배혜림
경영지원 홍성택, 김현우, 강신우 **제작** 이진영
펴낸곳 (주)쌤앤파커스 **출판신고** 2006년 9월 25일 제406-2006-000210호
주소 서울시 마포구 월드컵북로 396 누리꿈스퀘어 비즈니스타워 18층
전화 02-6712-9800 **팩스** 02-6712-9810 **이메일** info@smpk.kr

쌤앤파커스(Sam&Parkers)는 독자 여러분의 책에 관한 아이디어와 원고 투고를 설레는 마음으로 기다리
고 있습니다. 책으로 엮기를 원하는 아이디어가 있으신 분은 이메일 book@smpk.kr로 간단한 개요와 취
지, 연락처 등을 보내주세요. 머뭇거리지 말고 문을 두드리세요. 길이 열립니다.